精霊守りの薬士令嬢は、婚約破棄を突きつけられたようです

餡子・ロ・モティ
Anko Ro Moty

レジーナ文庫

登場人物紹介
ハイラス
商業都市連合、ヴァンザ同盟の盟主。
凄腕の商人。
リーナの価値を一目で見抜き、
アセルスハイネに招く。
リーナ
職業は薬士。
セイゼルに婚約破棄をされたのを機に
湖上の都市アセルスハイネに移住する。
無自覚チートを発揮してしまうが、
普通に生きることを目指している。

セイゼル
リーナが生まれた
トゥイア王国の王太子。
見た目だけ良い馬鹿王子。
ハーナン
リーナが移り住んだ屋敷の執事。
常に平常心の鉄仮面。
ヴィヴィア
小国アルシュタット公国の姫。
セイゼルの婚約者で正妃候補。
スース
トゥイア王国・宮廷魔導院のトップ。
賢者と称えられる大魔法使い。
ノームン
土の精霊。
リーナにとって、父や兄のような存在。

目次

精霊守りの薬士令嬢は、
婚約破棄を突きつけられたようです

ひとつの王国の終わりの物語。一人の娘の始まりの物語。

今これより滅び去る王国の宮殿の中に、後の世でアドリエルルの麗帝と称《たた》えられる女がいた。

○婚約破棄

華やかな祝賀パーティーの片隅に私は一人立っていた。

ふと背中に不穏な空気を感じて振り向くと、会場中の視線がこちらに向かって突き刺さっていた。

今日は王国の成立、一五〇年を祝う日だったはずだけれど。

そこにはもう、お祝い事のムードはない。

群衆の中。見覚えのある娘がこちらを睨みつけている。

その指先はピンと伸び、私に向けられていた。彼女は叫んだ。

「私達は今、勇気をもって訴えねばなりません。先日確かに見たのです、そこのバケモノ女リーナ・シュッタロゼルが、恐ろしい魔物を飼いならしている姿を。そしてあろうことか今も、この輝かしい王宮の中で、光届かぬ物陰に黒い何かを呼び込んでいたのです」

ワルツの音は止んでいた。貴族の子弟達は皆、足を止めて人だかりを作っている。

人だかりが割れて、王太子殿下がカツカツと踵《かかと》を鳴らしながら歩み出てこられる。

彼は私の婚約者。この国の王太子たるセイゼル殿下だ。

そのひときわ冷たい目は、私に向けられると同時に、割れた氷のように歪《ゆが》んだ。

「ああ、お前は恐ろしい女だなぁ、リーナよ。その話、私も聞いてはいたぞ、バケモノ飼いの噂はな。しかしそれが現実に？　今この場でもだと？」

しだいに熱がこもり、大きくなっていく殿下の声。

「この祝いの席で貴様ごときの話をだすのも憚《はばか》られたが、いやこれはじつに恐ろしいことだ。貴様いったい何をしていた？　こちらの正義感に溢れたご令嬢方が、貴様のあさましき正体に気がつき、ついにはバケモノ飼いの正体を暴きだしてくれたらしいが。このまま放っておけば、我が国は貴様と化け物どもにいいように食い荒らされ、いずれは滅ぼされていたのかもしれん、なぁっ」

周囲を取り巻いていた子息令嬢達は同調して、キンキンとした声を発し始める。

私は様子を窺《うかが》っていた。これくらいのことならば、これまでにも何度もあった。けれど、今日の騒ぎはいくらか大きくなり始めていた。

いよいよ追い出されるときがきたかと、私は覚悟を決めた。そう、これは当然の成り行きだ。

あのバケモノ飼いの話とて、事実といえなくもないのだ。

確かに、私は人ならざる者達に通じてはいるのだから。ただあの子達は、人間とは違うが、けっして化け物などではない。人に害成す悪性の魔物などでは断じてない。むしろ、この王国と人の暮らしを陰ながら支えてきた者達だ。

私は思い返す。ああして指差しているご令嬢の顔を。

少し前の出来事。私は王都近くの小さな村に、古い火の精霊の塚を修繕しに行った。あのときあの場にいた娘だろう。村のあたりを治める領主の娘だ。

精霊の姿は通常、人の目には見えないものだ。けれどあのときの精霊は暴走状態にあって不安定だった。

そのせいで領主の娘の目にも、確かに何かしらが映ったのだろう。

ただし今この瞬間の王宮の中。私はどんな存在も呼び出してはいないし、何も連れ込んでなどいない。その点については、彼女の言葉には偽りがある。それでも幾人《いくにん》もの男女が、私が暗い場所で邪悪なものを呼び込んでいたと証言を続けている。

ざわめく会場には、たくさんの言葉が飛んでいた。

「泥かぶりのリーナ、光届かぬ暗い場所で蠢《うごめ》く悪魔め。正体を現すがいい！」

「バケモノ女、さあ言い逃れでもしてみせなさい」

言い逃れ。しかし私はそんなものをするつもりはなかった。

「人目につかぬ陰でコソコソと汚らわしいまねをする怪物め」

「衛兵、何をしている、この悪魔を打ち据えて捕らえよ」

そんな喧騒《けんそう》の合間に一瞬の静寂が訪れたとき、王太子殿下が手を掲げた。そして高らかに宣言された。まるで舞台の上で光を浴びる役者のような居住まいで。

「伯爵令嬢リーナ・シュッタロゼル。泥かぶりのリーナ。いいやバケモノ飼いのリーナ！　貴様との婚約は、この場で破棄せざるを得んな。しかし身の毛もよだつ思いよ、考えるだけで気色が悪い、お前のようなバケモノと一時でも婚約させられていたとはな」

私は王太子殿下から婚約破棄を告げられていた。

殿下はその口から唾《つば》も吐き、私は足にそれを浴びた。

うわずった怒鳴り声の残響。鳴り止むのを待って、私はただ粛々《しゅくしゅく》と返答をした。

「セイゼル殿下、そのお言葉を、謹《つつし》んでお受けいたします」

周囲には兵士が集まり、私の傍《かたわ》らで白刃を抜きかけている。

私はただ頭をうやうやしく垂れながら、殿下の言葉を受け入れていた。内心の喜びとともに。

この婚約破棄こそは、私が望んだものだった。

「気味の悪い女。気色も悪ければ、つくづく可愛げも何もない女……じつにじつに反吐《へど》がでる。せめて哀れに泣くなり喚《わめ》くなりでもして見せろ、恐ろしいバケモノ女め。少しは女らしく弱く可愛げのあるところでも見せるがいい。はぁ、まったく、何から何まで嘆かわしく哀れだな、貴様という女は」

罵詈《ばり》を吐き出す口は、そこで一度止まる。

止まり、視線は彼の隣に立つ女性に向けられた。殿下の口元が一転して緩んでいた。

「いいかこちらのヴィヴィア王女を見よ。これこそが女というものだ、真の女性だ、小国とはいえ一国の王女は流石《さすが》に違う。お前のような泥かぶりのバケモノ女とはまるで比べものにならない」

殿下の隣には見目麗しい女性が立っていらした。

彼の傍《そば》に寄り添うように。

というよりは、身体にしなだれかかるという表現のほうがぴったりなのかもしれない。

「ああん、セイゼル殿下のお優し～い言葉、私などにはもったいのうございます～」

可憐《かれん》で儚《はかな》げな容姿と、甘ったるい話し方。それでいて目の奥には野心的な鋭さを秘めた女性。

彼女の立ち居振る舞いは、身体の半分で殿下に吸い付くようですらある。

王太子殿下の考える真の淑女とはこういうものなのかもしれない。

先程まで騒いでいた領主の娘達は、あからさまにヴィヴィア王女の後ろに下がっていた。

この女性、ヴィヴィア様は隣国アルシュタットの王女だ。

領土面積こそ大きくはない国だけれど、とても野心的で、自国の発展のためには手段を選ばない気風がある。

我が国の王太子殿下ときたら、そんな相手に公然と鼻の下を伸ばしておいでのようだった。

「ああ殿下ぁ、このバケモノ娘が私を怖い目で見るのですぅ。早く早く、どこか遠いところへ追放してくださいませぇ」

ヴィヴィア王女の声はつけすぎた香水のように甘ったるいが、それはセイゼル殿下の頬を緩ませる。殿下は大きくうなずいた。

「うん、そうだなそうだな。おいバケモノのリーナ。当然お前のような女は婚約破棄くらいではなんとも思わぬだろうが、バケモノにはいつまでもこの地にいてもらっては困るぞ。安心しろ、貴様の血で王国を汚したくはないから、殺しはしない。ただしバケモノ飼いの嫌疑が完全に晴れるまで、今後は王都への出入りを一切禁止する。むろん、貴様がやっている宮廷魔導院での仕事も続けられはしない。今この瞬間に立ち去り、二度と顔を見せるでない。この寛大な処置には、最大限の感謝を示すがいいぞ」

かつての婚約者は私に命じていた。

仕事と住む場所を没収するから感謝をしろと。

私は自分でも驚くほどに平穏な、あるいは冷ややかな心持ちでその言葉を聞いていた。

「かしこまりました。殿下にお会いできなくなるとは。これほどの悲しみはありませんが、致し方ありません。これ以上のお目汚しはしませぬよう、さっそく退席いたしましょう」

もとより望んで婚約者になったものでもないし、初めから私などは大勢いる側妃候補の一人にすぎない。

それが名誉だと言われても、私にはそうは思えなかった。

たとえ泥かぶりと言われても、宮廷魔導院で薬草園の管理をしているほうが、ずっと素敵な時間に思えていた。

それでも今までこちらからは断れる立場ではなかったのだから、向こうから破棄していただけるのならば、これは大歓迎な出来事ではあった。

いつまでもここに留まる理由もない。

いっぽうあちらのヴィヴィア王女。私とは違い将来の正妃候補。

今夜のめでたいパーティーの席で正式な婚約発表がなされたところだ。

一抹の不安もあるけれど、かえってよくお似合いの二人だとも感じられる。いずれにせよ、どうぞ仲良くやっていただくほかないのだろう。

何せこの王太子殿下のご判断は、今唐突に成されたものではない。

あらかじめ計画されたものなのだから。

ただし立案して実行したのは殿下ではなく、ヴィヴィア王女のほうだろうとは思うけれど。

彼女が最近何かを画策していたこと、そして私や、他にも邪魔になりそうな人間に探りを入れていたこと。その気配には気がついていた。

私を追い出そうとしているのだろうとも予測はしていた。

ただそれを知った私は、むしろ喜んでしまっている自分に気がついた。

そもそも私と殿下の婚約は国王陛下が強権的にお決めになったことで、私の意志ではなかったのだし。

もう一年も前の出来事になるだろうか。あの日、国王陛下が私の勤める宮廷魔導院に久々にお越しになったのは。

聞けば、王太子殿下の側妃候補を何名か探しているという話だった。高い魔力をもった女の血を王家の中に取り込みたいと、陛下は願っておられた。

その昔から、そして今でも、国王陛下は王家の血統から魔法的才能が薄れつつあることを不安に思っていらっしゃるのだ。

一年前のあの日。国王陛下の指示によって宮廷魔導院で作られたリストには、王国内で魔力量が最大の女として私の名前が記載された。

幼少の頃から魔力が異常に高かった私は、それだけを理由として、この雑な手順で王太子殿下の側妃候補の婚約者になった。

大勢いる中の一人なのだから、案外その程度の選び方なのかもしれない。

けれど魔力値ランキング以外の私はどうだろうか。

とても王太子殿下が気にいるような女ではなかったのだ。

人ならざる存在を呼び寄せる体質。

そんな能力が幼い頃から発現していて、しかも数年前までは力も安定していなくて、今以上に気味悪がられたものだった。

今ではまがりなりにも研究者の一人として魔導院に在籍するようになったけれど。それでも薬草園と研究室に通うばかりの日常。人前に出ることもあまりない。

こんな貴族令嬢としての教育もまともに受けていないような女なのだ。婚約しても王太子殿下が私を気に入るわけもないのは明らかだった。

案の定、婚約が決まってからも王太子殿下と直接お会いする機会は多くなかったし、せっかくお会いできても、泥かぶり令嬢などと蔑《さげす》まれただけで終わってしまう始末。

泥まみれの土かぶり。そうでなければ化け物女だろうか。

そう言われれても私はこうして生きてきた。

私の両親は幼い頃にすでに他界していた。

私を引き取ったのは叔父夫婦で、そのまま彼らは、父上が継承していた伯爵家も引き継いだ。

しかし、しばらくして私は家から放り出されてしまう。

名目上は今でも叔父夫婦が私の義父母にはなったままではあるけれど。

当時の私はまだ小さな子供。

だから正確には覚えていないが、私の周りで起こったいくつかの出来事が叔父夫妻の気に障《さわ》ったようだった。

そのひとつは確か叔母が主催した夜会での出来事だった。

屋敷の周りで意図せぬ奇妙な来客が発生したらしい。

それが私のせいだったそうな。

今思えば、きっと精霊の一種か何かだったのだと分かるけれど、当時は私にも何が何やら理解できなかった。

そんなことが何度かあったあとに、しばらく私は石畳の地下室に閉じ込められた。今となっては懐かしく思い出す。

夜会とは叔母にとって、この世の全てに勝るほどの価値を持ったものだ。

同じように、叔父にとっては爵位と貴族としての名誉が世界の全て。いずれにせよ、この二人にとって私はそのときすでに不要な存在であったことは間違いない。

何せ養子に迎え入れたすぐあとに、爵位は完全な形で叔父へと継承されていたのだから。もはや気色の悪い子供を手元に置いておく理由はなかった。

本当のお父様とお母様との思い出がかすかに残されていた屋敷と庭と、静かな田舎町から私は出された。

叔父の手配で、私は宮廷魔導院に送られることが決まっていた。

貴族の中でも知力と魔力に優れた者が所属する研究機関、それが宮廷魔導院。

六歳の私はそんな研究機関に、研究対象として送られた。

珍奇な実験動物のような存在として。

しかし人生とは分からないもので、とても幸いなことに、これが私にとって素晴らしい転機にもなった。

世に賢者とうたわれる首席魔導士スース様が、私を手厚く保護してくださったからだ。

それからは宮廷魔導院の中、スース様のもとで比較的平和な日々が訪れたのだった。

ただし、魔導院に入っても相変わらず妙なことは続いていた。

奇妙な訪問者達が日夜を問わず現れるのはいつものこと。

それ以外にも、まだ幼かった私が戯《たわむ》れに作って放置していた回復薬が、なぜか瀕死《ひんし》の騎士団長の傷を劇的に回復してしまう事件も起きた。

あるいは、今の技術では栽培できないはずの希少な薬草が、私が使わせてもらっていた薬草園に勝手に生《は》えてきてしまったり。

そのときに生み出した回復薬は、今でも定期的に騎士団の皆さんへ支給されている。

ただし私が作っていることは多くの人には秘密にしてもらって。スース様にはそのようにお願いしてあるのだ。

私のような泥かぶり娘が、あまり目立ったことをしても反感を買うだけだったからだ。

いくつかの希少な薬草も、こっそり魔導院の皆さんの使う材料棚に忍ばせてもらっている。

奇妙な出来事は私が少し大きくなってからも続いた。

その頃王国を蝕《むしば》んでいた毒の沼を、清らかなものに変えるポーションが偶然に生成されてしまったこともあった。

ただしあれはまだ不完全で、作りたての新鮮なポーションを定期的に沼に投げ入れないと、すぐに毒は元通りに戻ってしまうのだけれど。

土や風や水や火や、草花の精霊の声というのは、他の人には聞こえないのだと知ったのは、その頃のことだったろうか。

この時期にはスース様と国王陛下の許可のもとで、中庭の薬草園においてのみ、精霊を住まわせるという話ができていた。

私がたまに起こす奇妙な出来事をご存知だったのは首席魔導士スース様や国王陛下、

ごく一部の人々だけ。

ただやはり、陛下もあまりいい顔はなさらなかった。

「利益があるなら勝手にやっていろ、くれぐれも目立たぬようにな」

陛下がスース様にそうお話しされているのを、私は近くで聞いていた。

私はただ、薬草園で自由に遊ばせてもらっているのが好きだった。

それが壊れ始めたのが、王太子殿下との婚約。

あの日から私は面倒な作法や教育に多くの時間をとられてきた。

どうせその先にあるのは華やかな宮廷生活とは無縁なものなのだと分かっているにもかかわらず。

殿下には罵《ののし》られるばかりだったけれど、今は解放された清々しさが勝っている。胸の中には温かく凛《りん》とした何かが灯っている。

「失せろ失せろ泥かぶりのバケモノリーナ。土に埋もれて木の根でもかじって暮らすがよいっ！」

背後から浴びせられる言葉と周囲のざわめき、そして嘲笑《ちょうしょう》の中。私は満天の星が輝く王宮の外へと立ち去った。

○宮殿より

宮殿の中、残された人々のざわめきの中で物語は進む。

祝宴は未だ続いているようだった。

話の輪の中にリーナの義父母もいた。

実子ではないとはいえ血のつながりはある娘。それがバケモノ飼いの嫌疑がかけられ追放処分にあったというのに、我関せずという態度。

いやむしろ先程までは、リーナを追い落とす側に立って声を上げてすらいた。

この義父はもともと騎士として軍務に従事していた人物だが、今ではリーナの実父から引き継いだ領地、ナナケル伯爵領を所有している。

彼はさも当然のことのように会話をしている。

「あの娘、殿下との婚約が成って、ようやく役に立ってくれるかと少しは期待したのだが、やはり出来損ないか。ヴィヴィア姫があらかじめ我らに根回しをしてくださらなければ、こちらにまでとばっちりがくるところであった。しかしまさか、こちらに帰ってくるなんて言い出さぬだろうな？　もう何年もまともに顔も合わせていないのに、今さら血縁だよりで我が領地に訪問されるだけでも迷惑だ。そのうえ爵位は自分のものだなどと騒がれでもしたらかなわんぞ」

「そんな、悪い冗談ですわ、あなた。もし来ても追い返してくださいね。あの娘はただでさえ気持ち悪いのに、また汚らわしいことをやらかして、殿下のお怒りまで買ってしまって」

そんな二人の会話に、また別の貴族が参加する。

「いやいやナナケル伯爵。そちらで引き取ってもらわなければ困りますぞ。殿下もお人が悪い。王都から追放なされたとて、結局は誰もあの娘を自領に受け入れたりはしないのではありませんかな？　王家に睨まれた泥かぶりのバケモノ令嬢など、誰にとっても迷惑でしかありませんから。おそらく、たらい回しにあってから路頭に迷う姿でも見ようというのでしょうかな」

「これはこれはシスナ卿。もちろんそうでしょうが、我が領地とて受け入れがたいのは同じこと。たとえ形式上は親子関係にあろうが、そのような些事《さじ》は問題になりません。子供など自前のがいくらでもおりますからな、ハッハッ。あの娘はいっそのこと、このままどこか山奥にでも行ってのたれ死んでくれればありがたい」

「は～っはっは、まったくですな。ささっ、それよりもヴィヴィア王女にお目通りをお願いしなくては。未来の正妃様は流石《さすが》に輝いていらっしゃる」

「そうですな、では参りましょう」

といった具合に、貴族達のほとんどが、そんな会話をしている中でのことだ。

一人の眉目秀麗な青年が、外に出ていったリーナの行く先を目で追っていた。

美しくも逞《たくま》しい青年だった。名をハイラスという。

ただ彼一人だけがこのときこの場で、この娘の価値を見抜いていた。

誰一人、王太子から嫌悪されて王都を追放されるような小娘を受け入れたいと望む領主がいない中で。

「バスティアノ。私は大変なものを見つけてしまったかもしれないぞ」

「ハイラス様？　と申しますと？　あの娘でございますか……。となるともしや……」

「ああ。この地の賢者にして王国の首席魔導士スース様が、以前我らに語ってくれたお話。あの娘なのではないか？　精霊守《も》りの薬士、泥にまみれた令嬢のお話だった。あのときの賢者様はただの与太話のように話されていたが、あるいは真実だったのかもしれん。だとすれば、これまで王国内で集めていた情報とも合致する。それに見たか、あの気高く美しい姿を。この状況で涙を流すどころか喚《わめ》くこともせず、眉ひとつ動かさずにいた佇《たたず》まい。もはやこの私の鑑定眼を発動せずとも、あれほどの輝きなら見逃しはしない」

「これは珍しいですな。ハイラス様がそのようなことを口にするとは。では手を打たれますか？」

「もちろんだ、バスティアノ。彼女のような女性が他にいるものか。男としてもヴァンザ同盟を束ねる盟主としても、これを逃す手はないぞ。もはやこうしてはいられない。一足先に行って、彼女を見失わないようにしておいてくれ。彼女の安全確保もな。配下の者達をどれだけ動かしてもかまわない」

「はい、すぐに。それでハイラス様は？」

「私はこちら側の処理を先に済ませよう。すぐに追うからそれまでリーナ様のことは頼んだぞ」

「かしこまりました」

バスティアノと呼ばれた従者は、外へと飛び出しリーナのあとを追った。

いっぽうハイラスという名の青年は、その場で即座に王太子セイゼルに申し入れる。

リーナ・シュッタロゼルの身柄を受け入れる旨を。

ただし、あくまでリーナになどは興味がないふりをし、王太子殿下のために目障りな女を引き受けるのだというふうを装いながら。

王太子セイゼルは興味もなさそうに、勝手にしろとだけ吐き捨てた。

リーナという娘のことなど、もはやとうの昔にどこぞに廃棄したとすら彼は思っていた。

ハイラスはひと通りの根回しを済ませてから、星空の下にリーナの姿を追った。

ハイラスの胸は高鳴っていた。ただしこの時点ではまだ、彼の胸中のときめきの多くは、ヴァンザ同盟の盟主としてのものだった。

とてつもない人材を掘り出し物的に手に入れるチャンスである。

頭の中ではそう考えていた。

同時に、すでにその瞳の奥には彼女の姿が焼き付いて離れなかったのだが。

○星空の下のリーナ

私は祝宴の会場をあとにして夜道を走っている。

鼓動が高鳴っていた。

宮廷魔導院の門を通り抜けて、自室に立ち寄る。身体を締め付けていた祝宴用のドレスを脱ぎ捨て、身体になじんだ服装へと着替えた。

王太子殿下の婚約者には似つかわしくない、薬士用の仕事着だ。

中庭へと急ぐ。王都から離れる前に、あそこにだけは立ち寄らなくてはならないから。

私以外には訪れる者のないその場所の奥に、清廉《せいれん》な水と空気に守られた秘密の薬草園がある。精霊達が認める者でなければ、立ち入ることはおろか、場所を見つけることさえできない場所へ。

「みんないる？　急な話なんだけど、私はこれからどこか遠い場所へ行かなくてはならないの。ごめんね。それで前からお話はしていたけれど、この場所での管理はもう手助けしてあげられなくなってしまう。でも、もしも他の場所でもよければ……」

『おいおいリーナ。どこかに行くって言うならね、当然俺達もそこに行くんだよ。当たり前のことじゃないか』

地面からニョッキリ現れたのは大地の精霊ノームンだった。

人間によく似ていて少年のような見た目だけれど、たぶん私よりは年上だ。ちっちゃいくせに少しとんがった話し方をするのが愛らしいと私は思っている。

彼は他の精霊達に比べるとずっとよくおしゃべりをする。というよりも、うちにいる精霊達のほとんどはあまり喋らないから、彼は少し特別な存在。

『いいかい？　今はこの中庭が聖域になってるが、俺達にとって一番大事なのは場所じゃない。そこに誰がいるかってことさ。そりゃあ少しは引っ越しの手間はかかるけど、そんなのたいしたことじゃないね』

そう話すノームンの周りに風がグルリと渦《うず》を巻く。

と、その中に、今度は中性的な美人さんが現れる。風の精霊シルフ達だ。優しく微笑みながらノームンの言葉への賛同を表していた。

それから火と水と木と草花と、皆姿を現して、慌ただしく出発の準備を始めるのだった。

私が自室から持ち出してきた仕事道具も、手分けをして運んでくれるという。

錬金術用の小型魔導炉や、薬草園の管理のための道具。着替えを少しと、携帯用の食べ物。そしてあとは小さな薬草園。

『さあ準備はできたぜ。精霊の住まう聖域、リーナの薬草園は出発準備完了だ』

「みんなありがとう。ついてきてくれて心強いよ」

『どこへでも行こう、どこでだってリーナを守ってみせよう。だけどリーナの場合……きっとモンスター蠢《うごめ》くダンジョンの中にすら住めてしまうんだろうけどね』

「ちょっとノームン？　私のことをなんだと思ってるの？　薬を作るくらいしかできない私に、ダンジョン暮らしなんて無理に決まっているでしょう？」

『はっは、まあ冗談だけどな。でも、どうだかね。リーナはめったに本気で戦ったりしないから分からないけど。まあいいぜ、どうせそういうのは俺がやってやるからな。血なまぐさいのは任せておけ』

ノームンは可愛らしい。少年のような姿だけれど戦うのは得意で、そこらの魔物なんかは簡単に倒してしまう頼もしい存在だ。

さて、こうして引っ越しの準備はできたけれど、ひとつだけ気がかりなことも。

モグラもどきという種族の皆さんだけはここに残るというのだ。地中に住む小さな精霊だ。

彼らの場合は、私がここに来る前から中庭にずっと棲《す》み着いていた。

習性として、一度棲《す》み着いた場所からはめったに離れることがない。

『しんぱいいらないよ。オイラ達は、へっちゃらだいっ。みつからないもの』

小さな小さな姿で、小鳥のさえずりのようなかすかな声。

どんと胸を張って私を見ていた。

どうあってもここに残るらしい。

せめて無事に過ごせるようにと思って、いくつかの魔法薬をモグラサイズの小瓶に詰めて贈る。

何かのためにと、このサイズの魔法薬瓶を用意しておいてよかった。

モグラもどきの皆さんはそのお返しと、旅立ちの記念にと言って「星影《ほしかげ》の欠片《かけら》」という名の小さな小さな草の実を手渡してくれた。

これは今日のようなよく晴れた星空が見える夜に、地面に落ちた影から実を結ぶ薬草。

そこまで珍しい植物ではないのだけれど、一粒ずつがあまりに小さくて人間の目で探すのはほとんど不可能。モグラもどきの皆さんは、これを採取するのが大得意だ。

「ありがとう。みんなも元気で。もしも何か危険なことがあったらスース様にね」

モグラもどきの皆さんは、小さな手を振り、ピチピチとさえずり、それから地中深くに姿を隠した。

それから引っ越しの準備が全て整った私達は、シルフの風に乗って星空に飛んだ。

宮廷魔導院にある賢者の塔の最上階まで浮上して、スース様に別れの挨拶をしていくことに。

部屋の中に入ってみると、スース様はすでに宮殿での出来事をご存知のようだった。

私が外へ行くことを聞いても驚きはしない。ただ悲しげに、そして私のような者に向かって頭を下げていらした。

「すまぬ、リーナ。結局ワシはお前さんに、幸福な日々を送らせてやることはできなかった。哀れな老いぼれに、これまで付き合わせてしまったことを詫《わ》びるほかない」

「何をおっしゃるのです。スース様がいらっしゃったからこそ、私はこの場所で、人として生きてこられたのです」

「優しい子だ。元気でいておくれ、リーナ」

「はいスース様も。本当に長い間お世話になりました。それでは行ってまいります」

私は宮廷魔導院に勤めた薬士として、正式な礼の形をとろうとする。賢者様の杖を額にかざしていただくように。これで本当にお別れだ。

「ああリーナ、リーナ。そんなふうにあらたまる必要はないよ。行っておいで。またいつだって会えるのだ。いや、もしかしたらじきにワシもそっちに行くかもしれぬしの」

スース様は優しく微笑んでいらした。大げさな別れなんてするつもりはないと語られる。

いずれ私が旅立つことは、スース様には分かっていらした。

私達は、こうなる日のことを話し合ってもいたのだ。

王太子殿下と私の婚姻など上手くいくはずがないと分かっていたから。

流石《さすが》に今日の日に突然婚約破棄されるとまでは想定していなかったけれど、いずれ私がこの都から離れる日のことを、私達は感じていた。

だから、別れは、とてもあっさりしたものだった。

それにスース様が言うように、この方がその気になれば私がどこにいても、いつだって訪ねてきてくれるに違いない。

私は窓から飛び立ち、小さく手を振った。

空から下を眺めてみると、中庭にあった聖域はすっかりなくなっていて、今はもうただの林と野原になっていた。

『ん？　どうかしたか？　リーナ』

「なんだか思い出して。昔よく魔法薬屋さんごっこしたよね。ノームンと精霊さん達がお客さん役をやってくれてさ」

『リーナがもっと小さい頃だった。あの頃はまだ、俺と同じくらいの大きさだったのに、人間は成長が速いね。あっという間だ』

山奥でひっそり薬草園をやって暮らすか、それともどこか目立たぬ町で小さな魔法薬店を営んで暮らすかできると嬉しいけれど。私は、そんな日を迎えることができるのだろうか。

賢者の塔が、遠く小さくなっていく。

○賢者の物思い

リーナが飛び去ったあと。魔導院の塔の中。

「行ってしまったな……」

首席魔導士スースは、膝の上に乗せた黒猫に向けて呟いた。黒猫は答える。

「はいスース様……。あの娘は、リーナは大丈夫でしょうかね」

「んん? ふぉっふぉっふぉ、それは何も問題はなかろうよ。まだ少しばかり世間知らずなところはあるがな、あの娘は賢く強い。どこでだってやっていけるじゃろう」

「そうです、よね」

「ふむ。それよりもむしろ問題なのは王国のほうじゃな。これまではリーナの力で持ちこたえていたが、いよいよ危ういか。これも定めなのじゃろうが悲しいものだ。建国の英雄である初代様から数えて四代目か。今の王室には国を継続させる力は残っておらぬのかもしれぬな」

「スース様はこれからどうなさるのです?」

「ワシにはまだやることがあるからのう。王国の最後を、末路を見届ける義務がある」

「初代様とのお約束をまだ守ると？」

「むろんじゃよ」

老賢者は塔の窓から宮殿の華やかな明かりを見つめて物思いにふけった。

○リーナと、ヴァンザの盟主

私は王都の空を西に飛んでいた。しばらく行けばルンルン山脈と呼ばれる山岳地帯がある。

ちょっと楽しそうな浮かれた名称とは裏腹に、凶悪な魔物がひしめく危険地帯となっている。

とりあえずこのルンルン山脈のどこかに新しい住み処《か》を構えようかと思っているのだけれど……

『リーナ。地を駆けて誰かが追いかけてくるぞ』

土の精霊ノームンが何かを見つけた様子。

「あら、まさか追手？　流石《さすが》に殿下もわざわざ私ごときを暗殺したりはしないと思っていたけれど」

『いやあれは暗殺だの追手だのの雰囲気じゃあないな。リーナを呼んでいるぞ。何やら話があるから待ってくれとさ』

ノームンが指し示す地上のあたりをよく見ると、駿馬《しゅんめ》に乗った男性二人が一生懸命こちらに手を振っていた。

よく耳を傾ければ、おーい、おーいと呼んでいるのが聞こえる。

なんだろうか？　敵対の意思は見えないようだけれど。

少しだけ下へ降りていってみることに。

「ハハハッ、アーハッハ。いやリーナ様、まさか風を従えて飛んでいくとは。稀代《きたい》の薬士だという噂は聞いていましたが、そんな術もお使いになるとは驚きです」

「ええまったく。あやうく追いつけなくなるところでしたな。フッフッフ」

妙な男性が二人。息を弾ませ、やたら愉快そうに笑いながら声をかけてきた。なるほど、これはやはり不審人物だ。

「ああこれは失礼。あまりに愉快で名乗るのを忘れておりましたな。私はヴァンザ同盟の盟主を務めております、ハイラス・ラナンディアスと申します。実は今夜、リーナ様をお誘いに参りました。もしよろしければ我らの同盟に参加している町にお寄りになりませんかとね」

ヴァンザ同盟のハイラス様？

ヴァンザ同盟といえば……いくつかの商業都市が連携して作ったという広域組織だ。

確かもともとは商業都市をつなぐ協同組合のようなもので、非常にゆるいつながりの小さな組織だったと聞いている。

ただし近年は躍進目覚ましく、さらにハイラスという青年が同盟の中で頭角を現し始めてからは、顕著にその勢力を拡大しているのだとか。

「ハイラス様、ですか。ご高名は伺《うかが》っております。そんな方が、私に？」

「ええ、是が非でもお連れしたいのです。どうか我らの同盟都市においでください」

「そう、なのですか……同盟に参加している都市というと、この国の中では湖上の自由都市アセルスハイネになりますか？」

「これはよくご存知で。尊い身分の方々は、我らのような商人のことなど気にもとめないものですが」

確かに彼の言うとおり、貴族は商人を下賤《げせん》の者と蔑《さげす》んで軽んじることは多い。

だけれども、私なんて尊くもなんともないし、それにあの町は印象深い場所でよく覚えているのだ。

湖上に浮かぶアセルスハイネ。

そこは小都市ながらも国際的な貿易港として確かな発展を続け、それでいて王都のように煌《きら》びやかすぎない落ち着いた場所。もとは小さな漁村として始まった町だ。

今では西方に広がる未開領域を探索するための拠点として賑《にぎ》わい始めていて、ヴァンザ同盟に参加する都市群の中でも重要な位置にある。

形式上は王国に所属しているけれど自治志向の強い都市でもある。

穏やかながら人々に活気があって、様々な異国の食べ物が流通し、珍しい交易品を見ることもできる。最近では、偉大な芸術家が幾人《いくにん》かその地へ移り住んだとも聞く。

以前から気になってはいたけれど、私は王都以外の場所に住むことなど許されなかった。このお誘いは、願ってもない吉事だった。

「でもハイラス様。私などが伺《うかが》ったら、きっとご迷惑をおかけするでしょう。王太子殿下が何を言ってくるか分かりません。やはり私は人里離れた山奥にでも隠れ住もうと……」

「リーナ様。そんな迷惑だなんてとんでもない。私のほうからこうしてお願いしているのです。来ていただきたいからお誘いしているのです。リーナ様、あらためてお願いいいたします。どうか私と一緒に来てはいただけませんか？」

ハイラス様は、そう言って私の前に手を差し出した。

スラリと伸びた指はしなやかで美しい。だけれども、けっして苦労知らずの貧弱な手ではない。日々を力強く生きている者の手をしている。

自分でも不思議なほどに、私は自然に彼の手をとっていた。

「それでは参りましょう。すぐに馬車をご用意します」

彼がそう言うと、後ろに控えていたもう一人の男性がさっと手を上げる。

するとしばらくして、小高い丘の向こうから一台の馬車と、馬にまたがった騎士風の男性達が現れる。どうやらハイラス様の護衛らしい。

「初めから大人数で押しかけては警戒されてしまうかと思いまして。彼らには少し距離をとっておいてもらったのです」

白銀の鎧《よろい》を纏《まと》った男達は、私の傍《そば》にまで来ると下馬して膝を地面につけた。

私はハイラス様に手をとられながら馬車の中へと向かう。まるでどこか良家のお嬢様のように。とてもこそばゆい。

手などとってもらわなくとも、階段くらい上れるのだけれど。

そんな無粋なことを思っていると、ここで、古くから私の護衛役を自認している土の精霊ノームンが姿を現した。

ノームンさん？　何をする気だろうか？　と様子を見ていると。

彼は地面を凸凹《でこぼこ》に隆起させながら、石と土で練成された魔法生命体、アースゴーレムの姿になって騎士達の前に立ちふさがる。

当然ながら人間の皆さんは大慌てで、魔物の襲撃だと思って戦いの態勢を整える。

「ああ待ってくださいハイラス様。これは私の護衛を務める土の精霊なのです。戦闘の意思はありませんので」

ノームンのこの姿は、どちらかというと威嚇《いかく》の姿勢。

本当に戦うときにはこんな無駄に大きくなったりはしない。ノームンはただ、初対面の人間に警戒しているだけ。

「いいか小僧ども、我らのリーナに対して良からぬことでも企めば、即刻その命はなくなるものと思え」

ノームンがアースゴーレムの口を使って発した声は、声というよりも地響き。大気がオンオンと震えていた。

「ノームンありがとう。でもきっとこの人達は大丈夫よ」

私がゴーレムにそっと手をあてると、周囲の地面はすぐに元通りに変わってゆく。

「リーナ様？　今のは……」

「すみませんお騒がせしまして。今のは土の精霊なのですが、じつは他にもたくさん……あの、やはり私など迷惑でしょう、お連れになるのはやめたほうが……」

　窺《うかが》うようにハイラス様を見上げた。すると、彼は喜色をあらわに首を横に振る。

「いやいや、不覚にも少々驚かされましたが。なんとも素晴らしいではありませんか。精霊を使役するなど特級の魔導士でもできないことです。私も話には聞いたことがありますが、実際には精霊を間近にハッキリと見たのも初めて。実に稀有《けう》なお力ですよ。私はそれを尊びます」

「そう、ですか？　ええと、ありがとうございます。ああでも使役はしていないのです。ただいつも傍《そば》にいて友人でいてくれるというか、そんな存在です」

「友人、ですか。いやはややはり貴女には驚かされる。精霊が友人とは、そんな話は聞いたこともありません。面白い、じつに面白い。ハッハッハ」

　ノームンのあの姿を見て、怒りも恐れもせずに笑って面白がるハイラス様。

　彼は笑い上戸なのかも。とてもよくお笑いになる。

　ノームンがこうして私の安全に神経を尖《とが》らせてくれるのは、何も過剰防衛をしようというのではない。だけどやはり普通の人はとても驚くし、怖がりもする。

精霊にも色々な種類がいるから、当然、本当に危険な者も存在する。

人間に危害を加える精霊だっている。

あるいは人間の精神に干渉して操ってしまうような精霊も。

私は精霊を引き付ける体質だ。ときには悪質な存在だって寄ってくる。

それどころかはっきりとした悪意をもった魔物の類まで呼び寄せることすらある。

これまでノームンがそういう者達を撃退してくれたことなんて数知れない。

ノームンは私にとって頼れる友人、兄妹のような存在だ。だからこそ、ハイラス様がノームンを恐れずにいてくれたことは嬉しかった。

「さあ、それでは馬車へ。精霊のご友人一同、アセルスハイネにご案内しましょう」

私はこの夜星の下で馬車に揺られ、長らく住んだ王都をあとにした。


ひと晩揺られながら眠って、再び目を覚ましたとき、私の瞳には湖上の小都市アセルスハイネの姿が映っていた。

王都の北方から流れるディセンヌール川が、巨大湖アドリエルルに交わる場所。そこに白い石壁の美しい町並みが見えてくる。

その先はもう対岸が見えぬほど巨大な湖が続いている。

町に入るための大きな跳ね橋を渡り、門をくぐり、繁華街を抜けて住宅地へと馬車は進む。

アセルスハイネは湖上の島ではあるけれど、その面積は小さくはない。どの家にも花と緑の庭が備え付けられているくらいには余裕がある。

さらに道を進んだ先で、馬車は止まった。

ハイラス様に案内されたのは、古い城塞を改装して造ったような邸宅。

その中へ進む。屋敷の中にはよく手入れされた、アンティークの調度品がセンスよく配置されていた。

この屋敷にはメイドや料理人、使用人の方々がたくさんいて、皆忙しそうに動き回っている。

彼らは私達の姿が目に入ると、わざわざ仕事の手を止め、こちらに挨拶をしてくれた。

私も貴族令嬢の端くれではあるけれど、こういう環境にはあまり慣れていないから、なんとも背中がこそばゆい。

そうそう、屋敷に施された各種の防御結界も質が高い。これならばドラゴンのブレスが空から降り注いでも耐えられる設計だ。

賢者スース様くらいの術者でなくては、これほどの結界は構築できないと思う。メンテナンスも行き届いているから、もしかすると王宮を守っている結界よりも強度は上かもしれない。

ここまで見てきた限り、この場所がとても高貴な重要人物のお屋敷だということが分かってしまう。

ハイラス様のおうちではなさそうだけれど、この町の誰か偉い人のものに違いない。

私はご挨拶するために連れてこられたのだろうが、なんだか場違いな感じがして緊張する。

私なんて長い間人目も避けて、薬草園と研究塔にばかり入り浸っている生活だったのだから。

さて、ハイラス様はこの屋敷の中を歩き回って、最後に豪華な天蓋《てんがい》付きベッドのある部屋まで見せてくださった。

が、そこで突然おっしゃるのだ。

「リーナ様いかがです？　何せ元が防衛のための無骨な城塞ですので、貴女のような貴い身分のご令嬢には住みやすいかどうか、いささか心配ではあるのですが」

「え？　あの、いかがですかって？」

どうも話がおかしい。

「はい、ですから、リーナ様にはこちらに住んでいただこうかと考えているのですが。ああやはり、こんな場所では不十分でしょうね。もう少しお時間をいただければすぐに他の屋敷も準備できるのですが」

「ええと、私がここに住むのですか？　この部屋にですか？　ああいえ、不満とか不足とは真反対ですハイラス様。立派すぎます。私なんかにはもったいない場所すぎるのです」

「不足でなければよかった。屋敷内には他にも部屋がありますから、どこでも自由に使ってください。使用人はとりあえずこちらで用意いたしましたので、彼らもなんなりと使ってやってください」

困惑する私を前に、そう言って微笑むハイラス様。

この広い屋敷。私一人のためにハイラス様が用意したものらしい。いったいどうしろと？

以前は普通に防衛拠点として使っていた場所らしいけれど、今は防衛施設は別な場所に移っている。

それでこちらを何かに再利用しようと考えているところに、ちょうど私が現れてという流れだ。

昨日の夜のうちに連絡用の早鷲《はやわし》を飛ばして建物の改修が指示されただなんて、とても信じられない。それほどに住居として整備されている。

ハイラス様は話を続ける。

「そうそう、それから私に敬称なんておつけになるのはおやめくださいませ。同盟での役職があるとはいえ、そもそも私は庶民の出なのですから」

そう断言されてしまう。しかし私は戸惑いを覚えずにはいられない。なんといっても彼は、実質的にはそのあたりの貴族よりもよほど大きな領地と権益を有する存在なのだから。

ヴァンザ同盟は合議制の組織ではあるけれど、今の実権はほとんどハイラスという名の青年が掌握《しょうあく》しているというのが、専《もっぱ》ら世間での評判だ。

「リーナ様。この屋敷なら日当たりのよい庭もありますからね、馬車の中でお話しされていた薬草園も一応は造れるかと思います。あまり広くはできないかもしれませんが」

私の戸惑いをあえて気にしないようにして、彼の話は薬草園の話題へと変わってしまう。

なんだかもう彼の名に様をつけるのは許してもらえなさそうな雰囲気。が、私はもう一度挑戦してみる。

「ハイラス、様」

「ええと、様はご容赦を……」

「どうしても、ハイラス様じゃだめでしょうか？」

「ああそれでは、せめて、様ではなく、さんでお願いできませんかリーナ様？」

「ふむむむ。ハイラス、さん。ですか？」

「はい、それでよろしくお願いいたします、リーナ様」

彼の物腰はとても柔らかいけれど、やはり相応の立場の人。正面から視線を交わすとオーラみたいなものを強く感じさせられる。

私と彼の敬称をかけたやりとりは、なんだか微妙に熱い戦いとなったけれど、それでなんとか決着をみた。

話はそれからようやく薬草園のほうへと戻っていくのだった。

ハイラスさんはこの屋敷も庭も自由に使っていいと言う。

「本当にここに造っても？」

「ええ。狭い場所で申し訳ありませんが、どうぞ自由にお使いください」

窓から外を眺めると、さらさらと小川の流れる庭園が見える。

川の流れを目で追っていく。その始まりには泉があって、滔々《とうとう》と湧き水が溢れている。

ついでにその横では、ノームンが地面からヒョッコリ顔を出していた。もちろん彼の姿は私にしか見えていない。

『いい場所じゃないかリーナ。俺は気に入ったぞ。ここなら聖域を展開できる』

ノームンは土や水を手にとって、何かを確かめるように眺めている。

私の薬草園は精霊達の棲《す》み処《か》にもなる場所だ。もちろん、薬草だって栽培しているけれど、今となっては住人達の住み心地こそが重要視されているかもしれない。それで結果として薬草もよく育つようになるという塩梅《あんばい》だ。

それほど広い面積が必要なわけではない。ある程度の土地さえあれば、聖域化したエリアの中身は、物理現象を飛び越えて拡張できるから。

だから大事なのは精霊達が気に入るかどうか、過ごしやすいかどうか、そういうことになる。さてノームンはいい場所だと言っているし、ここで試しに薬草園を展開してみることに。

私は泉の湧き出ているあたりに立ち、そこを中心に草木がモリモリと成長していく姿を明確にイメージする。

ノームンをはじめとした精霊達は、それに呼応するように周囲を舞い踊る。

庭の一角がちょっとした森のようになるまで、それほどの時間はかからなかった。

皆が気持ちよさそうに動き始めていた。水も風も火も、花も光も草木も、影も氷も雷も。

「ハイラスさん。それじゃあ私、この場所をお借りすることにします」

「あ、ああ、気に入ってくれてよかった。ええと、念のために聞かせてくださいますか？

この森が……薬草園？　ということでよろしいでしょうか？」

ハイラスさんに確認されてしまった。

この薬草園は外から見るとただの小さな森だから無理もない。けれど、中に入ってみると意外と日当たりもよくて、広々とした空間が広がっている。

私か権限を持つ精霊が許可した者でないと、中に入ることはできない仕様になっている。

ひとまず今日はこれで薬草園のことはよいとして……

さて、こんなにも広くて立派なお屋敷なのだから、当然滞在費も相当な額のはずだ。

しかし私にはお金や財産はほとんどない。

では他にできることといったら……やはり薬草やポーションでお支払いするしかないだろう。

ハイラスさんは言う。今は家賃はいらないから、まずはしばらくここに滞在してみてくれだなんて。けれど、やはりそうもいかない。

ちょうど私の手元には、モグラもどきの皆さんにいただいた「星影《ほしかげ》の欠片《かけら》」がたくさんあった。これを使った魔法薬を練成しよう。

ええとこれなら他に必要な材料は……と考えながら、私は薬草園に入った。

地中深くに腕を差し込んで、よく育った山の根っこを収穫。

水の中に手を入れて、魚の吐息を少しだけ分けてもらう。

どちらもこの世の中にほとんど存在しない物質だ。

ノームンがその昔ドワーフ小人からいただいた宝物を、この薬草園で精霊達の手をかりて皆で育んでいる貴重品。

「星影《ほしかげ》の欠片《かけら》」もそうだけれど、大切に扱わなくてはいけない。

集めた材料はこのあと、ろ過を繰り返して作ってある純水で綺麗に洗い、星型フラスコに詰める。

これを熱の出ない蛍灯《ほたるとう》のランプの下にぶら下げて、夜になったら月の光をとり込んでゆっくりと温めると、一雫《しずく》ずつ、銀色の液体が滴《したた》り落ちる。

ひと晩かけて抽出したら、遠心分離機付きの小型魔導炉にかけて、外側に沈んだものを取り出すと、これで「ユグドラシルの雫《しずく》」という魔法薬が出来上がるのだけれど。

まずは材料だけ採って、私は薬草園の外へ出た。

「リーナ様、おおリーナ様っ。ご無事でしたか」

私の姿が急に見えなくなったせいで、心配をさせてしまったらしい。

ハイラスさんは出入口のすぐ近くで、茂みの中に入って私を捜索中だった。

「すみません、お話ししてから入るべきでしたね」

「いいえいいえ、まったくお気になさらずに。ご無事ならそれでいいのです。それよりも、お持ちになっているものは？」

今度は興味深そうに、私が手にするカゴの中を見ていた。

「魔法薬の材料を、少しばかり採ってまいりました」

この場所にお招きいただいた感謝の印として、魔法薬を作るから受け取ってもらえるようにとお話をする。

もしも今は家賃が不要というのならば、私を町に呼んでくれたことや、当面の滞在場所を用意していただいたことへのお礼でもある、と伝えた。

ハイラスさんは少しだけ悩んだ様子だったけれど、ややあってうなずいた。

「分かりました、受け取らせていただきます。ただ申し訳ないことに、これから少々用事がありまして、明日あらためて伺《うかが》ってもかまわないでしょうか？」

「ああこれは失礼を。お忙しいでしょうに長々とお引き止めしてしまいましたね」

「私なぞ暇なものです。またすぐに寄らせていただきます」

今から作るものは、どのみち完成にひと晩はかかる。

また明日。出来上がりしだいお渡しする約束をした。


夜になって。ランプの下に星型フラスコを吊るした。

ガラスの中の様子を見ながらも、引っ越しで運んできた道具を並べて整備をしたり調節をしたり、これから必要になりそうな薬剤の生産工程を確認したりと作業を進めた。

そうこうしている間に、ひと晩よく輝いてくれた青紫色の月がルンルン山脈の向こうに消えてゆく。私は仕事を終えて伸びをした。

この屋敷は少しだけ高い場所にあるから景色がいい。

振り返ると、まだ暗い景色の中でアドリエルルの湖の大きな姿がよく見えた。

ふと気がつく。こんな早朝から港のほうがやけに明るいことに。

お祭り？　ではなさそうだけれど、なんだろうか？

「お嬢様あれは、これより未開領域の地へ旅立つ冒険者の方々とその船です。おそらくハイラス様も今あの港にいらっしゃるかと。昨日ここからお帰りになったあとは、船の最終確認に行かれたはずです」

屋敷の執事であるハーナンという男性が、そう教えてくれた。まだ若そうだけれど、使用人を束ねる立場の人物だと教えられている。初日だというのに私にひと晩付き合ってくれてしまっていた。

彼はこの町に詳しい。生まれたときから住んでいるそうだ。

港に今あるのは、これから危険な冒険の旅に出かける船だという。

船を所有するのはヴァンザ同盟。

今ハーナンさんが口にした未開領域とは、ここから船に乗って順風で西へ三日ほど行った場所にある未知の大陸のこと。

その地の探索は、確かヴァンザ同盟が今最も熱心に進めている事業のひとつだ。

冒険者達を送り込んでは、新たな商売の種を探している。すでにいくつか新種の植物や魔物素材を発見しているのだとか。

ハイラスさん自身が船旅に行かれるのではなく、ヴァンザの盟主として送り出す立場のようだ。

それでも彼にとっても同盟にとっても、今回の出航は重要な意味を持つものだそう。

私はあまり詳しくはないけれど、未開領域への挑戦は人類の大きな課題でもあり、その困難さについては、小さな子供でもよく知っているほど。

あの領域に限った話ではないが、こういった冒険旅行への挑戦は、大きな期待がかけられるいっぽうで、無残な結末をむかえることも少なくない。

危険な船出。それならば、今作りたてのこの魔法薬も、ちょうど役に立つかもしれないと私は思った。

「ユグドラシルの雫《しずく》」は、復活薬に分類されるもの。

瀕死《ひんし》の重傷者に使うと、一般的な回復薬とは比較できない速さで、自力歩行できる程度にまで回復させてくれる魔法薬だ。

回復力そのものはさほどでもないけれど、効果速度は最高水準。危険な戦いの場面では、この即効性が生死を分ける場合もある。

もしものときのハイラスさん用にと思っていたけれど、船に積んでいただければ冒険者の方にも役に立つかもしれない。

私はそう思い立って、ハーナンさんに確認をした。

「どうでしょうか、それとも忙しいところへお邪魔してはご迷惑でしょうか?」

「なるほど左様でございますか。私が思いますには、ハイラス様も冒険者の方々もお喜びになるかと。きっと旅先で彼らの役に立つことでしょう」

ハーナンさんのお墨付きもあって、私はこれを港に届けることにした。

さっそく届けに行こうと思ったところで、ハーナンさんに止められてしまう。

もうすぐ朝だとはいえまだまだ外は暗い。危険だから自分もついていくという。

「私の勝手で昨晩から付き合っていただいているのに、そこまでは……」

「執事ですから、この程度のことならいくらでも承ります。それではさあ行きましょうお嬢様。船が出ないうちに。ただその前にひとつだけ、これは申し上げておかねばなりません。お嬢様、我々のような使用人に丁寧すぎる話し方をなさいませんように。お願い申し上げます」

なんだか別なところで叱《しか》られてしまう私だった。

こういう生活にあまり慣れていないせいで、まだどうしていいのか分からないでいる。

そんな話をしながら夜明け前の港に向かった。

その場でのハイラスさんはとても忙しそうだったけれど、私の姿を見つけると、すぐに駆け寄ってきてくださった。

持参した品物をお出しする。

「これは……リーナ様が？　昨日の魔法薬ですか？」

「はい。よろしければ冒険のお供にと思いまして。ご迷惑かとも思いましたがお持ちしてしまいました」

水薬用の小瓶に入ったそれを革袋からひとつ取り出して、見ていただいた。

ハイラスさんの視線が小瓶に、その目は品物を見定めるプロのものに変わる。

「こ……れは？　もしや復活薬の……ユグドラシルの雫《しずく》ですか？」

「え、あ、はいそうです。一目見ただけで分かってしまうなんて。凄いですね、ハイラスさん」

「いえ、いえいえ、お待ちくださいリーナ様？　これをお作りになったのですか？　ひと晩で？　ええと、色々と気になることはあるのですが、まずは……、そう、わざわざ徹夜をしていただいたのですか？」

おお、流石《さすが》はヴァンザの若き盟主、一流の大商人だ。

まずはラベルを見せる前から、一目で魔法薬の種類を判別したことに私は驚かされていた。

そのうえ今の会話の流れからすると、製法までご存知の様子なのだ。そうでなくては私の夜更かしが分かるはずもない。

思わず感心して、目を丸くしてしまう。

「いや、あのリーナ様、ここは私が驚くところですよ。なぜ貴女のほうがそのようにビックリなさっているのでしょうか。私にはそこがよく分かりませんが。それよりもさて、どうしたものか。素材の希少価値や製作の難易度とか、薬品の完成度とか、色々と気になりますが、いったい私は何からお話を……ええい、もうこの際いいでしょう。ともかくも、ありがとうございますリーナ様。こんな早朝から、私どものために貴重な品をお持ちいただいて」

あれこれ考えを巡らせていたハイラスさん。どうやら最終的には喜んでいただけたようで、私はほっと胸を撫で下ろした。

場合によっては、「余計なことをするな、この泥娘が」などと言われるかもしれないとも考えていたけれど……よかった、これをお持ちして。

なんだか、なんだか妙にほっとしてしまった。

なぜか瞳が潤んでしまう。弱い。もう大人なのに。恥ずかしくて、うつむいてしまいそうになる。

私は慌てて、ついでに持参した残りふたつの薬草をお渡しし、そのまま帰路につく。

「ええええと、お邪魔しましたハイラスさん、船旅のご無事をお祈りしております。それではまた！」

「え、ああ、はいリーナ様。それではまた後ほど伺《うかが》います。でもどうかこのあとはお休みください。貴女の美貌と身体のために」

私は小さく会釈《えしゃく》をして、それでお別れをした。

最後のほうがごちゃごちゃになってしまったけれど、とにかく目的は達成できた。

ノームンも執事のハーナンさんも、何も言わずに私の傍《かたわ》らに寄り添ってくれる。付き合わせてしまった二人にもお礼を言って、帰るやいなやすぐにベッドに潜り込んだ。

目覚めるとすっかり日は高く昇っていた。

製作の都合上、夜でないと作れないものも多いから私としてはいつものことだけれど、今は少しだけ気まずい。執事やメイド、家の中にたくさんの人がいるから、私の生態がバレバレなのだ。

外は晴れやか。船は今ごろどこまで進んでいるだろう。

朝食なのか昼食なのか判断の難しい食事をとりながら窓の外を見ていると、水路を小船に乗ってやってくる男性達の姿が見えた。

それから少しして、メイドの一人がドアを叩く。ハイラスさんの訪問だった。

「なんということでしょうかリーナ様、大変です……」

彼は入室するなり、少し慌てた様子でそう言った。

何事だろうかと思って、彼の言葉に耳を傾ける。

「まずは今朝いただいた、あの薬草二種について確認させていただけますでしょうか？

間違いがあってはいけませんからね。ひとつは膂力《りょりょく》の種で、数量は三個。もうひとつはオニキス草で十束。どちらもグレードは第七等級で間違いないでしょうか」

「は、はい。それで間違いありませんが」

膂力《りょりょく》の種は、力の強さを上昇させるもの。

オニキス草は一時的に魔力を強化する。

グレードに関してはもっと上等なものが世の中にはあるのだけれど、今回は第七までにしておいた。もしや、こんな質のものでは不足だったのかと僅《わず》かな不安がよぎる。

これまでいた王都で騎士団にお渡しする際には、先方からの強い要望で最高グレード第九等級のものだけを用意していた。

この類の薬草は大雑把《おおざっぱ》に言ってしまえば乾燥させただけのものなのだけれど、それでも栽培方法や収穫の時期、選別、保存、仕上げの手順の違いによって、グレードは大きく変わる。

基本的には上のものほど効果は高い。とくに強化系の魔法薬の第六～第九は、ひとつグレードが上がるたびに希少度も効能も倍加していく。

ただ、あまりグレードの高いものは、使用期限が極端に短くなるというマイナス面も。すぐに効力がなくなってしまうのだ。

だから緊急時以外は何段かグレードを落としたもののほうが使い勝手がいいと私は思っている。

そのあたりのことが説明不足だったのかもしれないと思い、あらためてハイラスさんにはお伝えしておくことに。

「ええリーナ様、その点についてのご配慮には、私どもも冒険者の方々も舌を巻きました。まさに必要な品物が、本当によく考えて揃えてあったのですから。かえってあれ以上のものはありませんね。ただ、私がお話ししたいのはその先なのです」

そこからハイラスさんの表情は、一層真剣なものになった。

他になんのお話があるだろう？

私は思わず息を呑む。

「ああリーナ様、リーナ様。釣り合わないのです。あのような品物がお礼では、まったく釣り合わないのです。金額的に、どう見積もっても、私はあまりに上等なお礼の品をいただきすぎてしまったのです。ユグドラシルの雫《しずく》を小瓶一本でも十分でしたのに、結局それが六本と、さらに膂力《りょりょく》の種三個とオニキス草が十束。どれも銀貨を詰めば手に入るとは限らない希少品ばかり。これでは建物の家賃どころか一月分の総滞在費や、他の諸経費を合計しても釣り合わない。ですからおつりを、おつりを受け取っていただかなくては。ああ、バスティアノ、すまないが六八〇万ディグリアを聖銀貨で用意してくれるか？」

「はい。こちらに、用意できております」

「ありがとう。流石《さすが》はバスティアノだ」

いやいやハイラスさん？　バスティアノさん？

おつりとかは別にいらないのだけれど？

あくまでお礼なのだし。ここはすっとお受け取りいただいて、すっと。しかしそう伝えても、ハイラスさんは首を縦に振らない。

「私はこれでもヴァンザ同盟に所属する商人なのです。上質な品物には常に適切な対価を支払わねばなりません。それでこそ商《あきな》いは健全に発展していくというものです」

いやいや、そうは言われても。

六八〇万ディグリアなんて大金、聞いただけでも落ち着かなくなる。いただいても困ってしまう。私は必死に説得を試みるのだった。

そうして激しい交渉が勃発し、しばらく時間がかかり、その結果。目の前には一枚の羊皮紙が提示された。

「ではリーナ様、ご確認ください。こちらが六か月分の不動産の貸借代金。それからこちらの項目にある基本的な生活諸経費と、使用人にかかる人件費を合計しまして、ちょうど先程の魔法薬と薬草合計十九点との交換という形での契約書となります。よろしければ、こちらにサインをお願いいたします」

「あ、はい。ここでいいですか？　サイン」

「はい、こちらに」

とまあそんな形で、私はこの屋敷に住み始めるようになった。

ハイラスさんは大らかそうな見た目と違って、色々と細かい。ちょっとめんどくさ……

あ、いやいやなんでもありませんよ、ハイラスさん。本当に。

「おや？　どうかされましたか？　リーナ様」

ひと通りの手続きが滞《とどこお》りなく終わって顔を上げたとき、彼が私を見て、目を見開いた。

私の頬にはなんだか笑みがこぼれていた。

○後の宮廷魔導院

こうしてリーナが新しい場所での生活を始めた頃、王都にある宮廷魔導院では密かに騒動が起こり始めていた。

初めに異変に気がついたのは薬草倉庫の管理番。在庫のチェック業務を受け持っている職員だった。

いつもなら毎日のように補充されているはずの希少薬草の棚に、この数日、ほとんど薬草が追加されていないことに気がついた。

入手経路は重要機密扱いで、彼には知らされていない。

はて、どうしたものやら。希少薬草がどこからきているのかを知っているのは限られた一部の者だけ……彼が直接話を聞ける相手となると……

宮廷魔導院の首席魔導士である賢者スースだ。

在庫管理の担当者は賢者の住まう塔を上って相談をしに行く。

問われた賢者は答えた。

「おお？　希少薬草？　それならば以前から話しておったはずじゃが？」

「以前から？　というと……」

「じゃからのう、あのような希少素材は、いつまでも簡単に手に入るものではないと言っておいたじゃろうが。少なくとも当面の間はあの棚に薬草が収められることはないのう」

「え？　ちょいちょい、えっちょい。えええ？　そんな……それはあまりに唐突ではございませんかスース様」

「何を言っとるか。今までに何度も伝えておいたはずじゃ。供給は突然止まる、今日にも明日にも止まるかもしれんとのう。どうしても必要なときには、それに応じて、自分達で採りに行くしかあるまい？」

「無茶なことをおっしゃらないでくださいませ。あんなものを採りに行くなんて誰にできるというのです？」

「ほんの十年ほど前までは、皆そうしておったはずじゃが？」

「それはもちろん……そうですが。あんなものは命と人生をかけてのことでした。今さらまたアレをやれと？」

「やるしかないのう。どうしても必要であればな」

在庫管理担当者の男は頭を抱えていた。

とにかく薬草を採りに行かなくてはならない。それは確かだった。

何せ上級貴族に向けて生産されている高級増毛剤も精力剤も、どちらも次の納期限が近づいている。

彼の頭の中は、瞬く間にそのことでいっぱいになる。

はたから見れば重要な物資ではない。そう思えるが、彼にとっては一大事。とにかく最初の問題はそれであった。

もちろん他にも大切なものはあるのだ。

例えば騎士団が高難易度の戦いに挑むときに使ういくつかの戦闘用魔法薬。

これももちろん大事ではあるが、しかし日常的に使うものではない。今すぐに必要な状況ではない。

効果が弱まるまでの期限が短いものもあるにはあるが、それよりも、口うるさい上級貴族達にやかましいことを言われるほうが、今の彼には恐ろしかった。

「スース様も手伝ってくださいますか？」

「ワシゃあ他にやることがある。お主が必要に思っておるのが貴族用の精力剤なんぞであるなら、そんなものは放っておくがよかろう。それよりも、これから毒沼の活性化が心配されるからのう、ワシはしばらくはそっちにかかりきりになるじゃろうな」

「え？　いやいやそんなのこそ大丈夫ですよ。もう何年も前に沈静化しているじゃないですか。きっともう完全に浄化されてるんじゃないですか？」

「いいやそうではないぞ。これも今まで何度となく語ってきたことじゃが、他人の見えぬところで、あれの毒を抑えてきた者がおるのじゃ。本人の希望で表立って名は出ぬようになっておるがな。その者の日々の研究と実地での――」

「あーもういいっすよ。とにかく今それどころじゃないんで」

男は怒ったように出ていってしまった。

部屋に残された賢者スースは目を細めて思った。

やっぱりもう首席魔導士やめたくなってきたな、と。

賢者と呼ばれても、普通の人間。正直な話、面倒くさいことばかりだ。隠居したい。

そんなことが頭をよぎる中、スースは窓の外を眺めている。自分の仕事を続けながら。

窓の外。彼の目の届くところに、今アルシュタットの姫ヴィヴィアが滞在している部屋がある。

彼女の部屋は最高レベルのセキュリティを構築した場所として、賢者スースが用意した。

賢者の塔からも目の届く位置にある。

それゆえ、姫を外敵から守るためにも最適ではあるが、逆に、賢者スースが姫の動向を監視するのにも適した場所だった。

姫がこの国でよからぬことを企んでいるという気配をスースは掴んでいた。だから、それが実行に移されることのないように、監視の目を絶やさなかった。

彼は実に真面目な老人で、やや苦労人である。

いっぽうでヴィヴィア姫という人物は、野心家ぞろいのアルシュタット王家にあって、ひときわ腹の黒い娘だった。

野心に満ち溢れ、危険な思想を持ち、他者を平然と蹴落とし優越感に浸ることを好む。

狙った男を籠絡《ろうらく》するためならあらゆる手段をためらわず、己の権勢を高めるためなら肉親だって平然と切り捨てるような娘だった。

彼女には一人姉がいるが、ここからしてすでに仲が悪い。互いに追い落としあいながら生きてきた。

この姉はヴィヴィアよりも一足先に、豊かで広大な領地を持つ枢機卿のところへ嫁《とつ》いでいる。

宗教分野での身分では、法王に次ぐ立場の枢機卿。この時代では婚姻もするし、子供もなす。

加えて、直接は世俗的な力を持たない法王に代わって、大きな力を所持している。

そしてこの枢機卿の治める土地。これが文化、軍事力ともに、ヴィヴィアの嫁《とつ》ぎ先であるトゥイア王国よりも格が上なのだ。

王女ヴィヴィアは、これが強烈に気に入らない。

彼女は固く決意していた。いずれ姉をも倒し、華やかな領地を削り取ってやると。

そのためにも、まずは目の前の自分の結婚話だ。こちらを盤石《ばんじゃく》に固めないとならない。

だからこれから邪魔になりそうな妃候補の娘を、すでに何名か蹴落としもした。

ヴィヴィアには自身の結婚問題のほうは順調に進んでいるように思えていた。

伯爵令嬢リーナ・シュッタロゼルも、ヴィヴィアが手を回して候補の座から追い落とした人物の一人である。

あの日の宮殿で、適当な女達を使って、リーナを貶《おとし》めるよう画策したのだ。

「あのバケモノ女の悪評を流すのに、どれだけ金と労力を使ったことか」

自室にて、彼女は一人そう呟いた。

あまり賢くない王太子を口車に乗せるのは簡単なことだった。

ここまでの成果にヴィヴィアはある程度満足している。ただし、まだまだ油断できる状況ではないとも考えていた。

そもそもリーナという娘は、王太子の妃になることに対してはあまり熱心な人物ではなかった。だから追い払うのも難しくなかったといえる。

そのうえ王太子は能力のある娘を好まないから、その点でも楽だった。

しかしあの女には、まだまだ底の知れない部分があるのだ。

ただでさえトゥイア王国で最高レベルの魔力を持った危険人物だという情報もあるの

だが、それ以上に不気味なものをヴィヴィアは感じていた。

王国の内部を調べるうちにも、あの女に関する信じられないような情報が上がってくる。確実ではない情報だったが、リーナ・シュッタロゼルは、国家運営に大きな影響力を有しているという。

彼女なしでは王立騎士団すらまともに機能しなくなるという目算もあるほど。とても信じられない情報だった。

ヴィヴィアは、彼女が側妃候補に選ばれた経緯も知っていた。

宮廷魔導院で最も魔力の高い女を王が所望したからだと。

リーナ自身は積極的に表に出てくる娘ではないが、そういった情報が全て真実だとすれば、あの女が王都周辺にいるだけでも、ヴィヴィアの今後の活動にとっては邪魔になる。

目障りな女だった。

たとえ自分が正妃の座に納まったところで、あんな者が傍《そば》にいて、影響力を発揮されては困るのだ。

王太子によってすでに婚約破棄されたけれど、国王は今でも、高い魔力の女に孫を産ませたいという考え自体は捨てていない。

そのこともヴィヴィアにとっては不安のひとつではあった。

宮廷魔導院にも王立騎士団にも多くの魔導士が所属しているが、その中で貴族の血と魔力の高さを併せ持つ存在はあまり多くはない。

所属している多くは、そこそこの魔力を持った貴族か、あるいは突発的に高い魔力を持った平民だった。

ヴィヴィア自身もいくらか魔法の素質はあったが、それは宮廷魔導院の貴族達同様、平凡な力でしかなかった。

リーナ・シュッタロゼルが宮廷魔導院で第一の魔力の持ち主であったという記録は、相変わらず国王の机の上に載せられたままだ。

できることなら暗殺してしまいたい。リーナも、そして王も。

すでに王太子セイゼルの心は捕らえたが、国王のほうは完全にコントロールできる状態とは言い難いし、どうせなら、いち早く自分の夫に王位を継承させてしまいたかった。

今はまだヴィヴィアにとってここは己の国ではない。それほど自由も利《き》かない。

生家であるアルシュタット公国から呼び寄せた配下達は到着していても、未だ公的な役職に潜り込ませるところまではきていない。

何をするにせよ、少なくとも王太子との婚姻が完全な形で成立するまでは、しばし時を待つ必要があった。

もちろんすでに国王には呪いを掛けて殺そうと隙を窺《うかが》っているが、首席魔導士スースの監視が厳しく、この計画は成功していなかった。

ヴィヴィアは今日も、不快な老人の目が自分を監視し続けているのを感じていた。

あの老人は国王よりも高齢だと聞くが、未だに壮健そのもの。寿命が近づいている様子もない。王家への忠誠心も篤《あつ》いと評判だ。今のところ最も厄介《やっかい》な人物。あの爺《じじい》をこちらの陣営に取り込むのは難しい。相当高度な魔法の使い手らしいから暗殺も難しそうだ。

ヴィヴィアはいかにして賢者スースを失脚させるかの算段を始めていた。何か職務上の失態でも演じてくれないかと期待しながら。

事の善悪は別として、ヴィヴィアは野望を実現させ得る力を持つ稀代《きたい》の女傑《じょけつ》だった。ただし、その傍《そば》にリーナ・シュッタロゼルという人物がいなければの話だったのだが。

○湖上の小都市アセルスハイネ

私はアセルスハイネでの二度目の朝を迎えた。

新しいベッドにはまだ身体が慣れていないけれど、朝の湖の青色は目に優しい。

湖上をすべる朝靄《あさもや》。その隙間から水面が煌《きら》めき、光が反射して水辺の家々の壁を飾り立てる。

窓から外を眺めていると、今日もまたハイラスさんの姿が見えた。この屋敷の門をくぐって歩いてくる。

幸い身支度はすませてあるので、一階に下りてゆくことに。

「おはようございますリーナ様。度重なる訪問をご容赦ください。今日はちょっとしたご報告をしようと思いまして。昨日出発した冒険者達の船は、これまでのところ順調に航海を続けているようです。あの船は我々が探索へと送り出す、今最も重要な冒険者達の船。かつてない規模の大型船での挑戦でもあります」

ハイラスさんは熱っぽく語った。今回の冒険ではドラゴンの鱗《うろこ》と牙を狙っているという。

「ドラゴン素材。これが難しい仕事なのですが、うちの最重要顧客からの依頼でしてね」

彼ははっきりとは言わなかったものの、依頼主はきっと竜大公バジェス・ディタナウラスあたりだろう。

竜大公バジェス。かつて蛮族《ばんぞく》が群雄割拠していた大陸北部を統一しつつある大人物。別名は、ドラゴン大好き大公。

ヴァンザ同盟が彼の篤《あつ》い支援を受けているのは有名な話だし、最重要顧客といったら一番に思い浮かぶ人物だ。

これがドラゴングッズの収集に目がない人物で、彼自身や彼の近衛騎士団の装備品もドラゴンに縁のあるもので揃えていると聞く。

新大陸に向かった船の皆さんの冒険に、私が渡した薬草が役立つと嬉しいのだけれど。あとは無事の帰還を願うばかり。

「ところで、リーナ様」

ハイラスさんは窓の外へ視線を向けていた。

「貴女が造ったこの森というか薬草園は、ひと晩経って昨日よりもかなり大きくなったように見えますね。さらに成長しているのでしょうか？」

「ああ、すみませんハイラスさん。あの大きくなっているのは薬草園そのものではないのですけれど、いくらか周囲の植物にも影響を与えてしまいました。薬草園にいる精霊達に反応して生育を早めてしまうのです。ご迷惑をおかけしてすみません、すぐに手入れを始めますから」

「いえいえ。薬草園そのものでも、その余波だとしても、いずれにせよどんどんと成長させてもらってかまいません。貴女の森は世界に類を見ない極上の薬草園なのですからね。それに、とても美しい景色ではありませんか。可憐《かれん》な野の花が見事に咲き誇っている。アセルスハイネの町の人達も植物は好みますから、この古い砦《とりで》が彩られることをきっと歓迎するでしょう」

「そう、ですか？　そうだとよいのですが。私は悪目立ちしてしまうところがありますので少し心配です。ハイラスさん、何かご迷惑をかけるようなことがあれば教えてくださいね」

「私としては、何も心配には及ばないと思いますがね。貴女はどうか遠慮などなさらずに、思う存分に力をお使いになってください。我らヴァンザ同盟の者達は合理的で実益を重んじる気風。奇異なる存在に高い関心を持ち、実力を示したものに賞賛を送るでしょう。その点、王都の高貴な方々とはやや性質が異なるかもしれません。貴女には、価値があるのです……おっと、レディに対してこの物言いは、かえって失礼でしたでしょうか。まるで値踏みをしているようだ。お許しください、私の悪い癖です」

「ふふふ、価値がある、ですか。確かに商人の方が口にすると少し打算的な感じがするかもしれませんね。でも、私はそう言っていただけて、嫌になど思いません。何も価値がないと言われるよりはずっと素敵な言葉なのですから」

「そう言ってもらえると助かります。どうにも私はこの手の失言で女性を怒らせることがありますから。ハッハッハ」

ハイラスさんは屈託《くったく》のない表情で笑う。

彼はもちろん商人の大親分なのだから、打算も損得勘定もあって当然。私の件にしても、やはり利益があると考えているのだろう。

それでも私には、温かく迎え入れてくれる人間がいるということだけでも、特別に感じられてしまうのだ。

それからの数日は慌ただしい中であっという間に過ぎ去ってしまった。

精霊達はまだ新しい土地に慣れていなくて、いくらかの手助けを必要としていた。

私は屋敷にこもって薬草園と庭の手入れに明け暮れた。

そしてその結果。私が新しく住むことになったこの屋敷は、すっかり様変わりしてしまった。

ハイラスさんが面白がってくれたせいもあって、少しやりすぎたかもしれない。

『リーナ、この場所はなかなかよさそうだな』

土の精霊ノームンは、楽しそうに屋敷の中を飛び回っていた。

ここは応接室、そのはずだ。建物の中だというのに小川が流れ、草花が萌え、ランタンには火の精霊が宿って燃え上がっている。

ノームン以外の他の精霊達もそこら中で遊んでいるけれど、普通の人間には精霊の姿は見えていないから大丈夫だとは思う。

古いアンティークの家具や柱からは、若い新芽や枝がニョキリと伸び、そこで小鳥の精霊達が歌を囁《ささや》く。

とにもかくにもそんな感じで、屋敷の敷地内はほとんど森と一体化してしまっていた。建物の中も、外も。

「おお、これは絶景だ。未だかつて見たこともない、優美で自然と調和した建物になったものです」

ハイラスさんは今日もこの屋敷に顔を出し、嬉々としてそんなことをおっしゃる。

困ったものだ。彼は危険な人かもしれない。その言葉を真に受けていると、私の歯止めが壊れていきそうな気がしないでもない。

ついつい私も、これくらいなら大丈夫かしらと調子に乗り続け、気がついたら屋敷の敷地全体が半聖域化していた。

館のある場所は、聖域本体の外郭のような位置づけになっているだろうか。

屋敷にはたくさんの人が出入りするから、全ての場所を完全に聖域化するのは避けてあるけれど。

「リーナお嬢様、ハイラス様。お茶はいかがですか？　今朝お嬢様がくださった星降りラベンダーを使用してみたのですが」

執事ハーナンが、二人分のティーセットを優雅に運んできてくれた。

私がここに移り住んできた初日の夜、夜更かしに付き合わせてしまった人物。

今思えばあの日の夜からそうだったのだけれど、彼は何事にも動じないというか、何が起きてもポーカーフェイスを崩さないというか。

湖岸地域の町の男性らしい少し焼けた、引き締まった肌の美男。けれどこれがとにかく、せっかくの優雅な顔立ちと身のこなしを台無しにするような鉄仮面ぶりだった。

蹴躓《けつまず》いて転びそうになっても表情が一切変わらない姿は、もはやホラーの域に達している。頬っぺたのひとつすら揺れないのは、いったいどういう仕組みになっているのだろうか。

そんな彼がせっかくお茶を淹《い》れてくれたそうなので、私は屋敷の手入れの手を止めた。少し休憩にしよう。

そう思って応接室の小テーブルに、ハイラスさんと向かい合わせになって座るのだけど、今度は急にバタンという音がした。そちらに目を向けると、

「あひっ、し、失礼しました」

部屋に入ってきたのはメイドの女の子。

今日はなんとなく人の出入りが多くて慌ただしい。

「はわ、はわわわわ、おじょじょ、お嬢様。お、お部屋を間違えてしまいまして。申し訳ございません」

酷く慌てた様子。そして、これが普通の人の正しい反応だろうと私は思う。

日に日に変化していく屋敷に、ほとんどの使用人やメイド達はついていけていないようだった。皆さんを困惑させている犯人は私だ。ごめんなさいと言わざるを得ない。

とにかく屋敷は構造ごと変わってしまうほどの大変革の真っ最中。迷子もあとをたたないのだ。

「エリス、そのようにうろたえた所作を、主やお客様に見せてはなりませんよ。メイドたるもの常に優雅に気丈《きじょう》に振る舞いなさい。何があろうとも」

「は、はいい、ハーナン様」

そう言ったハーナンの頭の上では、実体化したファイヤバードが羽を休めてとまっていた。この小鳥は精霊を体内に宿しており、その影響で全身が炎に包まれている。ハーナンの頭の上でボウボウと火をあげている。

そしてもちろん、ハーナンの表情と仕草は一切崩れることなどなく、何事もないかのようにティーカップにそっとお茶を注いでくれるわけだ。

「カップが熱くなっております。お気をつけください」

「ありがとうハーナン」

お茶よりも、頭の上で火をあげている小鳥は熱くないのかしらと思いながら、私はお礼を言う。

もしかすると一流の執事というのはこういったものなのかもしれない。いや、どうだろうか。

メイドのエリスのほうは、すぐに部屋を出ていく。

けれど扉の向こう側から、もう一度か二度、ドタバタとした音を響かせていた。

なんだか申し訳ない。あとでお茶とお菓子のお裾分《すそわ》けでも持っていってみようか。

「ふうむ、これはまた、実に鮮やかにラベンダー色が出たお茶だ。興味深い。原産地はどちらなのでしょうかね？　効能は何かありますか？」

ハイラスさんはマイペース。お茶を楽しんでいる様子だった。私は答える。

「ええと、この星降りラベンダーには特別大きな効能などはありませんが、この色彩と香りの良さが特徴ですね。とある北方の星祭りで使われる植物だそうで、このラベンダーに魅了された星がいくつか、流れ星になって地上に降りてくるそうですよ。私も話に聞いただけで実際には見たことはありませんが」

ハイラスさんはフムフムとうなずきながら、お茶の味や色、香りを確かめている様子だった。きっとこの人は、いつだって何か商売のことを考えているに違いない。そんな雰囲気だ。

将来ハイラスさんの奥さんになる人はちょっと大変かもしれない。仕事人間という感じがする。

「リーナ様、もうひとつ聞いてもよろしいでしょうか？」

「どうかしましたか？　私に分かることでしたらなんなりとお答えいたしますけれど」

お茶を眺めながら思案顔をしていたハイラスさんが、ふと顔を上げてこちらを見た。

「ありがとうございます。聞きたいのは、この色についてなのです」

「色、ですか？」

彼はある染料についての話を始めた。

結局ハイラスさんの質問というのは、ちょっとした無理難題だった。

とある用途に使う刺繍《ししゅう》糸を染めるための染料を探しているそうだ。

もしくは完成品の刺繍《ししゅう》糸そのものでもいいらしい。何やら特別な魔法衣を飾るために使うという。

色は淡い紫。ただし、綺麗に染めるだけではなくて、火と水、相反するふたつの魔法属性を結びつける効果も持った染料でないとならないとのこと。

火と水の属性を合わせるだけの効果でよければ、私の手元にある材料でも薬品を生成できるのだけど……その色は淡い紫とはかけ離れた濃い色だ。

私の知る限りの知識では、そういった染料は思い当たらない。

そもそも一般的には、魔法効果を重視する衣服に、色やデザイン性まで求めるなんてことがほとんどない。

「やはり、そうですよね。いえふと思い出して試しに伺《うかが》ってみたまでです。そのような薬品が存在しないのは私も分かっているのです」

「そうですか、もし何かお役に立ちそうな話があれば連絡いたしますが。それにしても少し変わった依頼ですね。そういった特殊な効果を求める魔法衣なら、たいていは黒っぽい衣装になるかと思いますが。魔法薬を染み込ませる過程で、どうしても色は黒く濃くなっていきますから」

「通常なら、そうです。これは著名な魔法衣アーティストのフィニエラ・デルビン氏からいただいている話でしてね。なんでも、それがあれば彼が長年追い求めている魔法衣を作ることができるのだとか。いえ、これは急ぐ話ではないのでお気になさらず。それにフィニエラ氏はかなりの変わり者でね、もし彼が求めるとおりの染料を持っていったとしても、それで本当に喜んでもらえるかは分からないのです。彼なら、すでに気が変わって別なものを求めていてもおかしくはない」

フィニエラ・デルビン。また随分なビッグネームが出てきたものだ。ハイラスさんの立場からすればあくまで顧客の一人なのだろうけど。

フィニエラ工房といえば、確か……我が国の王太子殿下も、儀式用の衣装製作を依頼して、見事に断られたと聞いている。

依頼の手紙を送ったのに返事のひとつもよこさないと喚《わめ》きちらして、激高している声が聞こえてきたのを思い出してしまった。

相手は大陸内外の王侯貴族から引く手数多《あまた》の芸術家なのだから、セイゼル殿下ぐらいだと袖にされるのもしかたのないことなのだけれど。

「フィニエラ工房。なるほどあそこの制作物なら、今までにない素材を求められてもおかしくはありませんね」

「そのとおりです。作るものも特殊、求めるものも特殊。その結果出来上がった魔法衣は大国の奥方達を常に夢中にさせるほど。リーナ様も、フィニエラ氏にはご興味がおありですか？」

「ええ……そうですね……。ただ、彼の作った魔法衣そのものというよりは、工房のほうに興味があります。私はこれでも薬士の端くれですから。あの方がどんなふうに仕事をされているのか見学できたらな、なんて思ったりはしますね」

「なるほどそうですか……ああでは、もしよければ、なのですが」

「はい、なんでしょう？」

「もしよければ、今度フィニエラ工房に遊びに行ってみませんか？　数日の船旅にはなりますが、あの町には他にも見所がありますよ。実に美しく、数々の偉大なマエストロが居を構える町です」

「それは素晴らしいお誘いですね。ここでの生活がもう少し落ち着いてきた頃に、ハイラスさんのお仕事のついでにでもお供させてくだされば嬉しく思います」

「おお、そうですか。いや楽しい旅になりそうです。いつもリーナ様とは細切れの時間でしかお会いできませんが、船旅ならばゆっくりと――」

お話が楽しく盛り上がってきた頃、窓の外で突然の雷が稲光と轟音《ごうおん》を響かせた。それはまるで会話の邪魔をするような轟音《ごうおん》。よく晴れた、いいお天気なのに。

それと同時に精霊ノームンが私のところに来て、外の様子を見に行こうと誘う。そう、だね。今の雷は少し気になるかもしれない。

「あ、ああ、すまない。随分と長居してしまいましたね」

ノームンが私を外へと急かすので、ハイラスさんは気を使ってくださったようだ。

ちょうどお茶を飲み終えたところだったから、お茶会はここでお開きという形になった。忙しいハイラスさんをあまりお引き止めしてもよくないだろうし。

「それでは、美味しいお茶と楽しい時間をありがとう。また遊びに寄らせていただきます」

ハイラスさんはそう言って帰ってゆく。

ノームンはなんだか様子が変だ。あの雷は何かよくないものだったのだろうか？

そう思って外に出て調べてはみるけれど、とくに変わったところはなさそうだった。

『いいかリーナ？　男は獣。ときにそれは雷撃よりも危険な代物だ。まずはよおく相手を見定めてからだな……』

ノームンはなんだか変なことを言っている。どうやら雷撃を暴れさせたのはノームンの仕業だったらしい。私に何か忠告をするためだった様子。

彼は少年のような見た目だけれど、実際には私よりもずっと長く生きていて、時々父親か年の離れた兄かのような台詞《せりふ》を言ってくるのだ。男には気をつけろ、なんてね。

「大丈夫よノームン。誰も私のような泥かぶり娘のことなんて女としてなんて見てないから。とくにハイラスさんなんて、きっと女の人なんて選び放題よ」

そう言った私に、ノームンはなんだかジットリとした目線を送ってくるのだった。

ん？　なんだろう？　なんなんですか？

『まあいいが。リーナが本気を出せばあの程度の小僧が何人束になって襲ってきても、瞬きの間に返り討ちにできるだろうし。そういう意味では俺の心配しすぎではあるかもな』

このノームンさんは、何かまた失礼なことを言っているようだ。私はそんなふうに暴れたりはしない。

とまあ、なんだかんだあったけれど、そのあとはいつもどおりに薬草園の手入れなどをして一日は過ぎていく。

私が王都を離れて数日が経つ。

そろそろ近隣の水質にも異常が出てくる頃だろうか。

そんなことを考えながら今日も園の手入れをし、あとはただ、こつこつ地味に魔法薬を作る。

無心になれるこんな時間が、私にとってはかけがえのないものなのだ。

○伯爵の悩み。王都の混迷

「おい、アレはどうした！　なぜ買ってきておらんのだ!!　お前というやつは使い走りもまともにできぬのか？　まったくこれだから身分の低い者はいけない」

　ナナケル伯爵はあからさまに激怒していた。

　彼は名目上はリーナの父親だが、すでに頭の中から王都を追放された娘のことは消えている。今は自分の買い物のことで頭がいっぱいの様子だ。

　王国成立一五〇年の記念行事を終えて、これから自分の領地に戻るところ。帰途につく前に、王都で大切な品物を購入していくつもりだ。

　彼にとっては、非常に大切なものだ。しかし、それがどうやら手に入らなかったらしい。

　使用人の男はすっかり困り果てた顔をしながら答える。

「申し訳ありません、旦那様。あの魔法薬は最近すっかり値段が高騰《こうとう》してしまいまして、お預かりした資金では買うことができなかったのです」

「何をぅ無礼者が！　ワシの預けた金が足りんと申したか！　なんたる侮辱《ぶじょく》だ。このような侮辱《ぶじょく》を受けては、もはや生きてはいけぬ。このワシが死ぬか、おぬしが死ぬかふたつにひとつ。さもなくば、とっとと行って買うものを買ってこい！」

大げさに怒ってみせる伯爵だったが、対する従者も慣れたもの。泣きそうな顔をしながらも心の中では、めんどくせーな程度にしか思ってない。

とにかく、伯爵がなんと言おうが資金が足りないのだ。

高貴な者のみが王都で購入することのできる特別な薬。高級増毛剤も特別精力剤も、今や甚だしい品不足で異常な高値に吊り上がっていた。

はたからみれば、どうしても必要なものだとまでは思えない品ではあるが、ナナケル伯爵や一部の貴族にとっては絶対に手放せない必需品。

私財を売り払ってでも確保したい逸品だった。

世間ではこれと似たような魔法薬も普通に販売されているのだが、薬効の高さと副作用の少なさ、品質においてこれに比肩するものはなかった。

伯爵もこれを求める一人。ただし彼は知らないのだ。実は義理の娘であるリーナが、この薬の原料を生み出していた張本人だとは。夢にも思っていないことだった。

もしも彼が、普通程度の愛情を持ってリーナを迎え入れてさえいれば、彼女はいくらでもこの魔法薬を提供しただろう。リーナにとっては、それほどたいした素材ではなかった。

他にもっと重要な薬草があるから、あまり力を入れて栽培すらしていない程度の扱いだった。

しかし今となっては彼の手にこの魔法薬が渡ることはない。

結果として彼のとった行動は、安価な粗悪品に手を出すという選択だった。

伯爵は手に入るものの中で最も高い効果をうたっている品の購入に踏み切る。

他の品はだめだった。何せ効能が弱すぎる。

とくに増毛剤は生半可で穏やかな効き目程度のものでは、彼の求める結果は望めない。

もっしゃもしゃに、とにかくもっしゃもしゃに。必要以上に毛を盛って若く見せるのが、彼の生きがいのひとつだと言ってもいいだろう。

ちなみにこのあたりの国々では、別に男性の毛髪についてどうこう言うような輩《やから》は多くはない。むしろ薄毛と髭《ひげ》は男性らしさ、逞《たくま》しさの象徴と見なす風潮すらある。

ただナナケル伯爵は飾り立てて自分を見せることが好きだったし、妙な若作りや化粧すらも好むような人物だった。

一般の庶民から見れば滑稽《こっけい》にも映る姿だが、ある種の貴族達の中では流行していないでもない。

ともあれ、彼は新しい魔法薬を手に入れた。

とにかく毛髪が湧き出てくるという売り文句がでかでかと記された品で、最も強力な魔法薬だった。それを闇市から購入した。

持ち帰り試し、そして翌日。

ナナケル伯爵の頭は確かに張りのある毛の山で満たされていた。ただしその引き換えに、彼の顔面は醜く爛《ただ》れて腫《は》れあがってもいた。

魔法薬は見事なまでの粗悪品だった。副作用で呪いの症状が現れやすい魔法薬だった。伯爵のもしゃもしゃとした頭頂部からは、毛と同時に毛虫型モンスターが湧いていた。毛虫は頭で発生して顔を這いずり回って下りてくると、毒針で顔をさらに腫《は》れあがらせた。

そのうえ、伯爵の頭から生《は》えたもしゃもしゃの剛毛自体も、その毛の中に毛虫のような毒針を持っていて、それが触れると、また激しくかぶれる。

よくよく魔法薬の注意書きを見てみれば、重大な副作用の欄にこのことは書かれていた。

〝呪い効果に対する抵抗力の弱い方や、魔法薬の扱いに不慣れな方のご使用で、毒針を伴った大毛虫が大発生する場合があります〟というふうに。

どうやらこの魔法薬は剛毛虫と呼ばれる魔物から抽出した成分から作られていて、この天然の魔物成分による副作用が強烈らしい。

ナナケル伯爵は、自領に帰る道中をずっとこの姿で過ごすことになる。

呪いに対する抵抗力が極端に弱かった彼は、ほとんど瀕死《ひんし》の状態になりながらやっとの思いで屋敷へと帰った。

屋敷についてからも治癒士の懸命な治療にもかかわらず、大毛虫は発生し続けて屋敷の者達を困らせた。

その帰還を見ていた領民達の中でも、とくに知識のある者は思うのだった。

あの領主は頭も弱いが、ついでに呪いにも弱いと。


所変わってこちらは王都。国王の私室。

現国王セイザーグが、いかめしい顔をして王太子セイゼルに語りかけていた。

「セイゼルよ、今度こそは首尾よくやったのだろうな。泥かぶり娘の代わりになる高魔力の女。これに子を宿すのはもはやお前の使命だ」

「父上。お約束どおり事は成しました。証のシーツも昨晩のうちに大臣に確認いただいたとおりです」

二人の男は、ごく当たり前のようにそんな話をしていた。リーナを追放した裏で、代わりになる高魔力の娘をどこからか見繕ってきた様子。

すでにその娘には、子種を仕込んだのだと報告をしていた。

「物証たるシーツは見させてもらった。今こうして報告も聞いた。ただしこれで終いではないぞ。結果が出るまで繰り返せ」

「お任せください父上」

「よし、頼もしいではないか。それからヴィヴィア姫にはくれぐれも感謝を。泥かぶり娘に勝るとも劣らない、魔力値の高い女を呼び寄せてくれたことをな。それもおぬしのような我が儘《わがまま》息子の好みにも合うような容姿と、確かな家柄を併せ持っている女だ」

国王セイザーグは満足げだった。すっかりヴィヴィアに騙されているとも知らずに。

王が喜んで受け取ったこの新しい側妃候補は、ヴィヴィア姫が自分の自由になる人物を送り込んだにすぎない。それも、適当に偽装して作り上げた虚偽の経歴の。

ヴィヴィア姫はリーナを追放しようと動き出したときから、代わりになるような高魔力の娘をあてがう準備を始めていた。

王太子がリーナに婚約破棄を宣言したあの瞬間までには、すでに王には新しい娘の存在は伝えられていた。それゆえに王は王太子の行為を黙殺した。

そもそもこの王はリーナにしろ他の人間にしろ、表面的な情報しか見ていない。だから、数値上で同じかそれ以上の魔力の娘が側妃になって子を産みさえすれば、王の計画としては何も変わらずに進んでいることになる。

かえってあの気色の悪い底の見えない女よりも、新しい女のほうが従順で余計なことをしないだけ好ましくも思っていた。

ただし実際のところこの新しい側妃候補は、少しばかり魔力の高いプロの娼婦を、薬で一時的に魔力にブーストをかけて仕立て上げた存在だったのだが。

それゆえ素の彼女は、魔力もたいしたものではないし、身分も詐称、高貴な令嬢らしい様子も急ごしらえ。顔すら変えてこのトゥイア王国へとやってきた。

当の本人はといえば、玉の輿の大チャンスと見て張り切って王宮に乗り込んできた様子。そんなプロだった。

彼女の到着には、経歴を塗り替える手間があったせいで時間がかかったが、到着するやいなや王と王太子は様々な手順を全て飛ばして仕事を始めた。それが昨晩のことである。

しかしこの国王、とかく上がってきた報告書も表面しか見ない男だった。

その報告を上げた人物の裏の意図だとか、記された数値のごまかしだとか、そういった隠された部分を読み解く能力も意思も持ち合わせていない。

表面上の情報だけで満足し、実際に起きていることに注意が届かない。

ややもすれば上に立つ者が犯しがちな過ちのひとつでもあるが、国王セイザーグは、この同じ過ちを生涯繰り返すこととなる。

○水と毒沼

そろそろ、王都近隣の水に問題が出てくる頃合だろうか。

毎日の毒沼掃除は私の日課のようなものでもあった。

私が心配せずとも、誰か他の人が対応するだろうけど、少しくらいは気になってしまうものだ。

もちろん、今さら王都そのものには干渉するつもりもないけれど、水はどこまでも続いている。

だから周辺への影響を心配していたのだ。

とくに、王都の北から真南に流れる大河アーセルユール。

あの河は昔から、王都周辺に点在する毒沼の影響を受けて、ときおり著《いちじる》しく水質を悪化させてしまう。

これまでは私と賢者スース様で毎日のように管理作業を続けていたから安定していたが、私が王都を離れてから時間が経ってしまった。

この屋敷の庭にも小さな泉があって、泉の底から湧き出した水はサラサラと流れて小川になっている。その清流を見ていて、そんなことを考えてしまう。

このアセルスハイネの町にはたくさんの湧き水があって、生活には主にそれが使われている。湧き水は町が北側に背負う山脈の地下から流れてくるものだから、王都の水質とは直接の関わりは薄い。

山からの地下水は巨大湖沿岸の下を通り、その一部は湖上の町の地下からも湧き上がる。

町中いたるところで湧き出しているし、湖の中から湧き出している場所もあるようだ。

さらにこの地には大河アーセルユールの分流である、ディセンヌールの川までも流れ込んでくるから、とにかくどこもかしこも水だらけの町だ。

アセルスハイネの人々は、昔から町の中に大小様々な水路を作っては直し、湖上都市を作り上げてきた。

この家の庭にある小さな泉も、つまり、そんなふうにして外の世界とつながっていたりする。

地下水脈を通れば北のルンルン山脈方面へ。

地上の水路を通れば巨大湖やディセンヌールの川ともつながっている。

いわば水辺へ向けて開かれた玄関口のようなもの。

そんな泉のあたりを見ていると、中からふいに、人間とは違った様子のお客様が顔を覗かせた。それも、異なるふたつの種族の精霊がほとんど同時に現れていた。

片方はよく知った顔の水の精霊ウンディーネだった。

ウンディーネ族は私の薬草園にもいくらか棲《す》んでいるけれど、今日訪ねてくれたのは大河アーセルユールに棲《す》んでいるウンディーネだ。私が王都にいた頃からの顔なじみでもある。

さてもう片方の訪問者も、やはり水の精霊の一種だろう。ただしこちらは見慣れぬ姿。

何か用があってここまで来たのか、それともどこかから迷い込んでしまったのか？

話を聞いてみようとしたのだけれど、その前にノームンが出ていってくれる。まだどんな相手だか分からないから、念のために自分が話をすると言って。

ノームンと見知らぬ水精霊は何か少しだけ会話を交わした様子。そしてすぐに水の中へと再び姿を消してしまう。

「ノームン、今の方は何か御用だったの？」

『いや、用事というほどのことでもないさ。近頃このあたりの様子が変わったから、湖のほうから見に来てみただけらしい。この聖域は王都から引っ越ししてきたのだと伝えておいたよ』

「そう。それなら何かお引っ越しの挨拶の品でもお渡ししたほうがよかったかな？」

『いや、今日来たのはただの先触れ。またあとから湖の底の主が訪問すると言っていたから、そのときに用意しておけばいいだろう』

「随分と丁寧なことをする精霊だね」

『ああ、それなりの勢力を持った精霊の一族で、湖のこのあたりを統《す》べている連中だな』

精霊の世界に片足を突っ込んでいる私だけれど、まだまだ知らないことも多い。そしてノームンは、意外とあちこちに顔が利《き》く不思議な精霊でもあったりする。

この地域ではあの精霊の勢力が強いとか、どこの山の主とどこの川の娘が婚姻関係にあるとか。あるいはノームンを訪ねて、遠くから謎の精霊がやってくることもある。

彼は私と同じで、ほとんどの時間をこの聖域の中で過ごしている引きこもり体質のはずなのに。

さてもういっぽうの訪問者、顔見知りのウンディーネのほうだ。

こちらは王都の北から南に流れている大河アーセルユールに棲《す》む水の精霊。

王都の近くにも生息しているので、私も昔から何度となく交流のある一族だったりする。

彼女達とはこの数日、何度か手紙のやりとりを続けているのだけれど、今日もそのお返事を持ってきてくれたようだ。

手紙の内容は、王都近辺の水質について。

私が管理していた王都近くの毒沼の問題は、大河のウンディーネ達にも、さらにその下流の人間達にも影響を与えかねない。

それで私は王都を出て以来、彼女達とやりとりをしていた。

今日来てくれた大河のウンディーネは、私へ手紙だけを渡すとすぐに水の中へと姿を消した。晴れ渡った青空よりも澄んだ、清廉《せいれん》な深い蒼の中へと。

私は館の上階へと移動して、巨大湖へ目を向けた。このあたりは問題ないだろうけど、場所によっては湖にもいくらか前兆が出始めてくる頃だ。

今ごろ、毒沼のごく近くでは、毒ガエルのポイズントードが繁殖し始めているかもしれない。

人命に直接関わるような害ではないけれど、大河を流れて巨大湖アドリエルルにまで汚染が広がるのは避けたいところだ。

ちょうど部屋に入ってきた執事のハーナンに、巨大湖周辺で水質に関する問題が起きていないかを聞いてみる。

「これは耳がお早い。よくご存知ですね、お嬢様。じつはちょうど今ハイラス様からの使いの者が連絡をしてきたところなのです。近いうちにポイズントードの駆除剤が必要になるかもしれないから、リーナ様にも手持ちがないか聞いておいてほしいという旨の連絡でございました」

「駆除剤が必要に。つまり、どこかでもうポイズントードの発生が確認されたのですか」

「ほんの僅《わず》かのようではありますが、大河の河口付近で漁師の網に掛かっていたという情報が上げられたそうです。ヴァンザ同盟の関係者の中でも色々話は出ているのですが、小さなカエルがまだほんの二〜三匹目撃されただけで大騒ぎするのはどうなのかという声が大半なのだそうです。が、ハイラス様はそうは考えておられない様子です」

「分かりました。とりあえず駆除剤の準備はできています。これをハイラスさんに」

王都を離れることになってから作り溜めておいたポイズントード用の駆除剤は、部屋の隅の箱にまとめてある。

これは一時しのぎだけれど、まずはこれで対処できる。

本来なら汚染の源になっている毒沼に直接赴《おもむ》きたいところだけれど、毒沼は全て王都の近郊にある。王都への立ち入りを禁じられている私の身体では無理な話だろう。

あちら側でもきちんと対策をとってくれるといいけれど。スース様一人で何もかもに手が回るわけではないから。

〇玉座の間にて

「賢者スースよ。なんなのだこれは、王都各地の水に毒ガエルが湧いて出ている。この宮殿の中でさえな！　つい先日まで清流だったものが、まるでドブのようにいやな臭いを放っている。それも急激に悪化しながら。前代未聞の出来事だぞ。貴様は首席魔導士という立場にあってこのような事態を未然に防ぐことができなかった。いったい、どう責任をとってくれるつもりなのだろうな⁉」

トゥイア王国の若き王太子セイゼルは、玉座の間に老賢者を呼び出して声を荒らげていた。

その隣では国王が玉座に身体を預けドカリと座り、居合わせた人々を睨みつけていた。婚約者ヴィヴィア姫は、王太子の傍《そば》ですでに王妃にでもなったかのような顔をして立っていた。不敵な笑みを浮かべながら賢者スースを見下ろしている。

スースは国王に向かって返答を始めた。

「これより申し上げることは全て真実。嘘偽りなくお答えいたしましょう。まず、この地はもとより毒の沼に蝕《むしば》まれておりました。今問題なのは、その影響を抑えていた貴重な人材が都より追放されてしまったことでございます。余人をもって代えがたい人材を王国は失おうとしておるのです。その者を丁重に扱い、仕事を任せる以外には、事態を早急に収束する道は――」

「ええい黙れスース。それ以上の発言は不要だ。俺はそんな世迷い事は聞いておらん。再び同じことを口にすれば、その首はお前の身体の上から転がり落ちることになる」

老賢者スースの言葉は全て真実だった。古くからこの地が毒沼に悩まされていたこと。そして、薬士リーナと賢者スースの働きで先日までは毒の影響を抑えていたこと。しかしスースの言葉は王太子セイゼルに遮られた。

スースは国王に目を向けた。王はそれに応えて語る。

「スースが言っておるのはあの泥かぶり娘のことであろう？　確かにあの娘には一定の

価値はあった。魔導院での働きも少しはあったようだし、そして何より魔力が高い子を産む可能性もあった。ワシもセイゼルにはアレにも子を産ませるようにと命じていた。だがしかし、所詮はそれだけのこと。代わりを拾ってくればよい話であろう。現にヴィヴィア姫は、高魔力の娘を贈ってくれもしたのだ。なんと寛大で有能な姫君であろうか。それに引き換えおぬしはどうか？　賢者ともいわれるお前が、娘一人いなくなったくらいで何も仕事が進められぬと申すのか？　老いたかスース」

王はこれまでのリーナのいくつかの仕事を耳にはしていた。しかし彼女を、ただ魔力値の高いだけの女としてしか見ていなかった。

代わりなどどうにでもなる、誰がやろうがそう結果は変わらない、人材なんぞは必要になったときに金を出して集めてくれればそれで済む。王の考えはそのようなものだった。そのせいで目が曇っていた。

ただし、こういった目の曇りは、あながち国王一人の責任とも言い切れないかもしれないが。何せこの王の耳には、常に正確な情報が届いていたとは言えない状態でもあった。とにかく権力者にすり寄る奸臣《かんしん》というのは、自らやり遂げたわけでもない成果を自分の手柄のようにして報告を上げるものだ。

逆に失敗があれば誰か適当な者へ責任をなすりつけて懲罰《ちょうばつ》から逃れようとする。

いったい誰が本当の功労者で、誰が寄生虫なのか、王たる者はよくよく注意を払って見抜かなければ、せっかくの目も役には立たない。

残念なことに、国王セイザーグのこういった特徴は、王太子セイゼルにも見事に引き継がれていた。

王太子は考える。さらにもう一段悪化した形で。とにかく重要なのは自分達のような支配者だけで、あとは全て代えの利《き》く手駒《てごま》であり、どうとでもなる。そのように強く信じていた。

しかも厄介《やっかい》なことに、この高慢な王太子も、けっして自分に自信があってそのように考えていたわけではない。

むしろ己の能力に自信がなかったからこそ、真の強者の力を認められなかったし、尊い血統以上に重要な物事など存在しないと信じたかったのだ。

無理やりにでも、自分の心にそう信じ込ませていた。

ゆえに配下の価値を正当に判断することができなかったし、適材適所も人材活用もまるきり不得手だった。それはリーナの件だけではなく、全てにおいてそうだった。

リーナのことも、ただ子を産ませるだけの存在として扱おうとしていた。実に粗雑に扱って。

これでは、有能な者は自ら進んで影を潜《ひそ》めてしまう。

リーナもそれゆえに、表立って行動するのを好まなかった。今では彼女も生きる場を変えて、すっかりその様子も変わりつつあるけれど。

国王と王太子、そして未来の王太子妃が居並ぶ。その前で賢者スースは一人跪《ひざまず》き、他には僅《わず》かな大臣と近衛兵だけが周囲に立っている。

賢者スースは古い出来事を思い出していた。

今ちょうど起きているのと同じような、毒沼の活性化問題に対峙したときのことである。当時まだ幼子でしかなかったリーナとともに働いたときのことを。

そのとき国王セイザーグは、大規模な治水工事を臣下に命じていた。

氾濫《はんらん》と毒化を繰り返していた大河アーセルユール水系の流れをいくつか変え、治めようという国王の発案であった。

アーセルユールの水は雨季になると水量が増し、普段は河から離れている毒沼にまで流れ込む。そうなると大河の広い範囲に汚染が広がり、それは王都にまで深刻な影響を与える。それを治水工事によって防ごうというのが国王の考えだった。

王太子セイゼルはまだ子供だった。そのため記憶にないのかもしれないが、当時は今と同様に毒沼の被害に悩まされていた時期だった。

王太子同様にまだ子供であったリーナは、すでにその頃には宮廷魔導院に在籍していた。在籍していたどころか、数々の珍事件を巻き起こしている最中だった。

宮廷魔導院は国を挙げての治水工事に参加することになり、必然的に、リーナも子供ながらそれに加わった。

そして、幼いリーナは河の様子を一目見て、治水計画に異論を唱えた。

この事業を実行すれば、たとえ王都への川の氾濫《はんらん》被害は軽減したとしても、支流のせせらぎに棲《す》む水の精霊ウンディーネの生活環境を乱してしまう。彼女の目には、それが明らかだった。

ウンディーネは普通の生き物や魔物とは違って水を司《つかさど》る存在。清らかな水に棲《す》み、そしてまた彼女らが水を清らかにもしていた。

リーナは精霊達の棲《す》む泉を発見し、賢者スースに伝えた。スースは国王に上申した。

しかし国王がその意見に耳を貸すことはなかった。

それどころか王は激高した。統治者たる自分の計画に異を唱えるなど許されぬ、不敬だと言って。

賢者スースは国王に具申したことによって一時期、罰を与えられさえした。

その間もリーナは人知れず、ウンディーネの棲《す》まう泉と小川へと通った。

大規模な治水事業が本格化する前に、水の精霊達が定住するのに相応しい新たな水辺を見つけようと奔走《ほんそう》していた。

幼いリーナは、ただわけも分からず一生懸命だった。

人間の使う水も綺麗にしたいし、ウンディーネ達にも迷惑をかけたくない。

それ以上のことを考えていたわけではない。

ただ、きっとウンディーネ達の棲《す》みやすい場所を見つけるからと言いながら、各地を飛び回った。

しかし、精霊達の納得する場所は見つけられなかった。いくつかよさそうな候補は上がってきたが、決定打にはならない。

そもそもウンディーネ達からすれば、見知らぬ他者のために、自分達が長らく棲《す》んだ場所を引き渡そうという行為そのものが受け入れ難いのだ。

その間にも治水事業は次々に進められていった。

この事態に対し、ウンディーネ達の間では、人間討つべしという声が大きくなり始めていた。

水の力を司《つかさど》る精霊の力を示し、河を今よりももっと激しく氾濫《はんらん》させ、かの王国を水没させるべし。

治水事業が進展するとともにその声は高まり、ついには精霊達による河の大氾濫《だいはんらん》が実行される日を迎えてしまう。

その日の朝のことだった。賢者スースは少女リーナの手元に一本の見慣れぬポーションを見つけた。

賢者はウンディーネ達の泉へと飛んだ。リーナとポーションを抱えて。

結局、氾濫《はんらん》決行の日の夜遅くになっても、人間達の王都は大河アーセルユールに呑み込まれることはなかった。

人とウンディーネの抗争勃発は未然に防がれていた。

ウンディーネ達は、少女のもたらしたポーションを見て、彼女のもとに集まり耳を傾け、氾濫《はんらん》の一時延期を決定していたのだ。

その日リーナの手から小さな支流に注ぎ込まれた一本のポーションは、ウンディーネ達すらも驚かせていた。

僅《わず》かな量ではあったが、毒に汚染された水を普通の水に変え、さらにはそれをウンディーネが棲《す》める清廉《せいれん》な水へと変えた。

ただし効力はあくまで一時的なものではあったから、実際にはそれで全てが解決したわけではない。新たな棲《す》み処《か》に移住するには、結局ウンディーネ自身による多くの労力が必要とされた。

それでも水の精霊達は小さな人間の少女の行為に敬意を払ったのだ。

その少女は、きっと新しい場所を見つけるからと語り、奔走《ほんそう》し、新たな解決策を見出し、ついには好戦派ウンディーネ達の心も動かしていた。

そのあと、新たな場所にウンディーネ達の棲《す》む場所が造られた。

移住した当初は、水を清めるためリーナが作ったポーションが使われたが、しばらくしてウンディーネ達の力だけで環境を維持できるようになった。

そしてもうひとつ。このポーションは一時的な効果とはいえ毒沼の悪影響を抑える効果も持っていたわけだから、当然それ以来、王都周辺の毒沼は害を減らしていくことになった。

国王は満足した。自分の指揮した治水工事の成果が、十分に表れたのだという勘違いを心の底から信じて。

本来、王の計画では毒沼とアーセルユールが混ざらないようにするための工事だった。それが実際にはなぜか、毒沼の毒素そのものが浄化されているのだが、それを王はやや不思議に思いながらも、自分の仕事にいたく満足している。

王である自分の計画に、賢者とうたわれる首席魔導士スースは反発した。が、実際にやってみれば自分の正しさが証明されたのだと、固く信じた。

王の周りにいた奸臣《かんしん》達は、ただそれを賛美し、それ以上の何かを考えることもしなかった。

そしてついに、王の勘違いが正されるべきときが巡ってきた。

今や真の功労者は追放され、毒の沼は元の姿に戻ろうとしていた。

玉座の間。

スースは王にそのときのことをあらためて語りかけるが、今になってもやはり王は耳を傾けなかった。そして傍《かたわ》らにいた王太子セイゼルが、はっと目を見開いて声を荒らげるのだ。

「分ぁかったぞ!! これは追放された悪辣《あくらつ》の魔女リーナ・シュッタロゼルの呪いだ！これはかの者の怨念であるぞ！」

同席していた者達は、その声に同調して騒ぎ立てた。むろん問題は何ひとつ解決しなかった。

王太子セイゼルは目の前で起きている事実と向き合うよりも、己の感情の高まりを優先した。自分が気に入らぬ者の罪にして、それで満足した。

ポイズントードが王都で観測され始めたのが前日で、それが翌朝には大河アーセルユールを下って河口の漁村でも目撃されるまでになる。

ひとたび増殖を始めたポイズントードは爆発的に増え、王都周辺ではすでにカエルの合唱がどの水場にも聞こえるような状態になっていた。

しかし王都に襲い掛かる毒沼の影響とポイズントードの群れは放置されたまま、リーナ・シュッタロゼル討伐のための王国軍が編制される。

湖上の小都市アセルスハイネに向けて、進軍が始まろうとしていた。

王太子の婚約者ヴィヴィア姫は、その様を目に見て歓喜した。

いかにして暗殺してやろうかと考えていた女、薬士のリーナが、大々的に討たれる展開になったのだから。

ヴィヴィアが滞在している王都の水にも、毒とポイズントードは見る間に増殖しつつあったのだが、今はそんなもの気にもならなかった。

この国に仕える家臣団の中で唯一、国家の忠臣といえる首席魔導士スースのみが、ただ一人で行く末を憂《うれ》いていた。

もはやこれから王国が終焉《しゅうえん》を迎えるのだとしても、せめて力無き庶民達に被害が及ばぬようにと心を配りながら内部での活動を続けていた。それが、親愛なる初代様と交わした約束であったから。

かつて建国の初代は願っていた。もしもいずれ王家が滅びを迎えたとしても、そのときにもそのあとにも、民の安寧が続いてゆくようにと。初代とは、そういう女性だった。

スースは、ただ密かに愛した建国の女王との約束を守ろうとしていた。

○毒ガエルと王子

アーセルユール河口でポイズントードが観測されたという話があってから数時間後。

昼前になって、ハイラスさんがこの館を訪ねてきた。

「リーナ様、失礼いたします。続報です、王都周辺でポイズントードが急激にあふれ出していると報告が上がってきました。それで、申し訳ありませんが駆除剤の在庫がまだあれば、また少しでも分けていただけませんか？　それから今後の増産の協力もお願いしたいのです」

「ああハイラスさん。少しお待ちいただいてもよろしいですか？　間もなく仕上がりますから」

「あ、ああ……そうですか。もしやそれ、今作っておられるのが駆除剤でしたか」

「ええ。ちょうどこれも完成するところです」

「感謝いたします。実はすでに他の薬士のところもひと通り回ったあとなのですが、今日のうちに手に入る分はもう他所にはありそうもないのです。もちろん毒ガエルの駆除剤なんてものは普段から大量に常備しておくような商品でもありませんから、当然ではあるのですが。それにつけても、流石《さすが》はリーナ様と感嘆させられます」

なんだか彼は私のことを妙に持ち上げてくれる。もちろん商人らしい御愛想なのだとは思うけれど、それにしたって今回は少しむずがゆい。

先読みしたかのようになっているが、これはちょっとしたずるというか、用意していて当然なのだから。

何せポイズントード発生の根本原因のひとつは、私が王都でやっていた仕事をやめてしまったからだともいえる。やめたと言っては語弊《ごへい》があるか。できなくなったのほうが正確ではある。

ともかく私が駆除剤の準備を周到に進めていたのは、当たり前のこと。今日までに必要量は準備できた。

さて、こうしてハイラスさんが館にいらっしゃったときに、一匹の先客がすでに到着していた。私のこの膝の上に寛《くつろ》いで座っている黒猫だ。

賢者スース様の使い魔、黒猫のジル。王都の様子を伝えに来てくれていた。

ハイラスさんが入ってきたときにジルの話は中断していたけれど、ひとつ欠伸《あくび》をし、呑気な声で私に再び語り始めた。

「というわけでリーナ、スース様は言ってたよ。王都の心配はいらないから、自分の安全を最優先にしてくれってね」

ジルが一番に伝えてくれたことは、王都から私に向けて、王立騎士団が進軍してくるという情報だった。スース様は私に、どこかに身を隠せとおっしゃっている。スース様の周辺も慌ただしくなっている様子が窺《うかが》える。

私の傍《そば》で一緒に話を聞いているハイラスさんは、なんだかいつもと少し違って、怖い雰囲気を漂わせている。

きっとこの町が危険にさらされる事態になってしまったから、それで怒っているのだろう。

王太子殿下は私を狙ってくるのだから、申し訳ない気分にもなる。

それで私はハイラスさんへの謝罪を口にするのだけれど、すぐに止められてしまう。

「リーナ様には落ち度など何もないのですから、くれぐれもお気遣いはなきように。あとの対処はこちらでいたしましょう」

それだけ言ってすぐにいつもの様子に戻り、私とジルに話の続きを促すのだった。

「ええとジル、それでスース様は大丈夫？　あの方こそ、もういつまでも首席魔導士のお仕事なんて大変なことは続ける必要もないのだから、自分の身の安全を考えてほしいのだけれど」

「あの爺様はまだ王国でやることがあるって言ってるからねぇ。それが終わるまではダメなんじゃない？」

「やること？」

「ああ、建国の英雄である初代様との約束があるとか、ないとか」

「初代様との約束……っえ？　ちょっと待って？　それじゃあスース様って……年齢は？」

「さあ？　少なくとも国が興《おこ》った当時から首席魔導士をやってたはずだけど？」

それは知らなかった。それなりに仲良くさせていただいたと思っていたけれど、考えてみれば年齢はきちんと教えてもらっていなかった。

確か現国王陛下が四代目で、先日七十七歳を迎えられた。それを遡《さかのぼ》ること三代となると……

スース様がそんな年齢だったことに私は驚かされる。

基本的には魔力が高ければ高いほど寿命は長くなると言われているけれど、流石《さすが》スース様。

とまあ、そんなことを考えながらも、私は今作れるだけの駆除剤を生産し終えた。

それからもうひとつ、毒沼を浄化するためのポーションもちょうど完成したところ。

この浄化ポーションは消費期限が短く、その日のうちに使い切らないと効果がなくなってしまうのが面倒なのだ。扱いも難しくて、誰にでも使える魔法薬ではない。

しかも今回は、私が王都にいた頃に使っていたよりも、遥かにたくさんの量が必要になる。

何せ毒沼の本体へ直接対処しには行けないから。拡散されてしまった下流の広い水域に浄化ポーションを使う必要がある。

「それじゃノームンとウンディーネさん達。ポーションを大河アーセルユールに棲《す》むウンディーネ達に届けてくれる？」

いつも私を見守っていてくれる精霊ノームンは、任せておけと言わんばかりのスマイルを浮かべるとスッと姿を消した。私達の薬草園に棲《す》むウンディーネ達も従えて。

浄化ポーションはウンディーネ達の手に託す。このことはほぼ決まっていたことだけれど、そのための下準備はようやく今朝できたばかりだった。

今回は浄化しなくてはいけない水域が広いから、我が家のウンディーネと大河のウンディーネに協力して処置してもらうことに。

とくに大河の彼女達は長年そこで暮らしていて、あのあたりは彼女達の支配領域だとすら言えるほどだから、これ以上頼りになる存在はいない。

ただし王都に近い水域には手を出さず、そのままになる。

そちらはもう私がどうこうする筋合いの問題ではなくなっているし、何よりウンディーネ達が望んでいないから。

彼女達はそもそも王都の人間をよく思っていない。だから協力を取り付けるために時間がかかってしまった。

彼女達にとっては、自分達の棲《す》む小川と棲《す》み分けできてさえいれば、毒沼はどうでもよいものだ。自然界に普通に存在するものだとも思っている。

自分達が長く棲《す》みついている範囲であれば、毒素やポイズントードが多少流れてきても無効化できる力だってある。

私はこのアセルスハイネの町に転居したあとすぐに、一枚目の手紙をウンディーネ達に宛てて送っていた。

毒沼が再び活性化するだろうから、彼女らにも迷惑がかからないように、あらかじめ連絡をしておいた。そしてできれば……手助けをしてほしいという内容も書き記した手紙だ。

　返事はすぐにきた。

〝数少ない親愛なる人の子リーナ・シュッタロゼル様〜〜〟

　そうして始まった丁寧な文面ではあったけれど、完全なお断りの手紙だった。あの王都の人間達を救う手助けなどまっぴら御免だと書かれていた。

　それで次に送る手紙には、こう書いた。

　毒沼から王都に流れ込む水は放置するとして、その他いくつか、下流にまで影響を及ぼす箇所の処置だけは手助けしていただけませんか？

　その返事がきたのはちょうど今朝。一人のウンディーネがこの邸宅の庭の泉にまで携えてきてくれたという形になる。

　いただいたお返事には、さっそく浄化ポーションを必要量送ってくれという内容が書かれていた。

　これで無事に、あの河を支配する水のプロフェッショナルである大河のウンディーネ達の協力を取り付けることができた。

　まったく随分と手間がかかってしまったものだ。

　そもそも初めから私が直接、あの沼の管理を続けられていればなんの問題もなかったというのに。

もう一人ではやりきれないほど範囲が広がってしまった。

これくらいの問題が、わざわざたくさんの人や精霊の手を借りないと対処できなくなるなんて。

さてそれで、王都周辺の水は……

まあとにかくこれで下流域の水に関しては問題なくなるだろう。

私は膝の上で丸まっている黒猫に尋ねる。

「ねえジル。スース様には本当に持っていかなくていい？　浄化のポーション」

「僕、受け取るなーって言われてるんだよね、スース様から」

「スース様が？」

「まあね。王も王太子も、リーナには完全に敵対的だ。だからリーナから送られたポーションなんてのを大々的に使ったら、まずは宮廷魔導院のほうに火の粉が飛んできて、余計に問題が大きくなりかねないしさ。まったく馬鹿みたいな話だけどね。結局スース様の考えでは、王族連中に自力解決を促すそうだよ。それがダメなら、いよいよそれまででだって。一般の人達のフォローならスース様のほうで最低限はやれるから、リーナは自分の周りのことだけ考えていてくれってさ。それでまた、落ち着いたら一緒に土いじりでもしようって」

スース様らしい言い方だった。

どうも昔からあの方は、私が王宮の人達と関わるのをあまり良いことだとは思っていなかった節《ふし》もある。

それで、私は王都から出たら、なるべく中央のことに関わらないほうがよいとも話されていたっけ。

私が王都を追放されることになったとき、事前にその動きを察知していながらスース様はそれを阻止するよりも、むしろ協力してくださった。

私はこちらで私のやるべきことをやるとしよう。

スース様には滋養のある煎じ薬と、リラックスできるドライハーブ、いざというときの戦闘用魔法薬セットあたりを少量だけでも送れないだろうか。

普通のルートでも手に入る品物なら大丈夫だろう。

王都もなんとかなるとは思う。そもそも毒沼やポイズントードの影響は甚大だけれど、それでも直接死にいたるような危険なものではないのだから。

どちらかというと、不快極まりない異臭が漂うことや、ポイズントードのせいで美味しい川魚達が逃げ出してしまうところに問題がある。

幸い王都に住んでいるのは、ほとんどがお金持ちや身分の高い者達ばかり。

少しくらい魚がとれなくとも、川の水が臭くとも、家の中に毒ガエルが湧き出しても、その水のせいで吹き出物ができても、生活には支障はない。

ただただ異常に不快なだけ。

今のような雨の多い時期が過ぎれば、ある程度は毒沼の活性化も治まるのだし、それまでの辛抱《しんぼう》だ。

いくらかいる貧しい者達のフォローはスース様がしてくれるという。

できるだけ私もお手伝いはしたいけれど、あまりたくさんの物資を私から送ると、王都の誰かが感づいてスース様が糾弾《きゅうだん》されかねない。

やはりできる範囲でちょっとだけ。そうするのがよさそうだ。

けれど下流にある小さな村の人達の面倒まではスース様でも手が回らないだろう。

だから彼らの生活にまで影響が出るのは避けたかったのだ。漁村の人達にとっては、ポイズントードがいると魚が減って大打撃になってしまうし。

この水質管理はほんの少し前まで王都で私が担っていた仕事。そのせいで彼らに迷惑がかかってしまうのは、なんとも気分のよいものではない。

「とにかくリーナ。自分の安全をね。馬鹿王子が進軍準備を進めてるってんだから」

「分かったよ、ジル」

賢者スース様の使い魔、黒猫のジルはそれだけ言って姿を消した。

当面の問題は、やはり騎士団を引き連れた王太子殿下の進軍か。

まったく、いかにも殿下のやりそうなことだ。本当に迷惑な話で、なぜこんなときに軍を動かすのか理解しかねる。

そもそも速度の遅い地上の大軍なんて、私一人に差し向けてなんになるのだろう。私は空を飛んで移動もできるというのに？

いや、そういえば……。そういえば私は彼の見えるところで空を飛んだことがなかった？　そうすると、王太子殿下も国王陛下も知らないのかもしれない？

もしかすると私に興味がなさすぎて、どんな能力を持っているかご存知ない可能性も大いにあるのでは？

それなら彼らの上に飛んでいって、その姿を見せてから山の奥にでも逃げてみようか。

このままこのアセルスハイネに大軍で押し寄せられては、町の人々に迷惑がかかってしまう。

町の人達にも、ハイラスさんにもご迷惑をおかけすることはできない。

話は決まった。

そうして窓から飛び立とうとする私の肩に、優しく、力強く手を置いたのはハイラスさんだった。彼は言う。

「リーナ様、どちらへ行かれるおつもりでしょうか？　殿下進軍の件は私のほうで対処いたしましょう。上手くご帰宅いただきます」

ハイラスさんはニッコリと微笑んでいた。

飛び立とうとしていた私は、しっかりハイラスさんに捕まえられてしまう。

彼は私と黒猫ジルが話をしている間には、従者に駆除剤を預けたり、このあとの手はずを申し付けたりと忙しそうにしていた。ただしその間もこちらの話にも耳を傾けながら。

ジルがしていた話は、王国軍が私のいるこの場所に向けて進軍してくるというものなのだから、彼も注意深く耳を傾けていて当然だ。

私はもう、申し訳ない気持ちで胃が痛くなりながらも、ハイラスさんにあらためて説明をする。あの黒猫が賢者スース様からの使者であったことや、スース様から伝えられた王都の様子について。

ハイラスさんの顔は曇る。当然だ。

「でもご安心ください、ハイラスさん。ご迷惑をおかけするつもりはありません。頭に血が上っている殿下が狙っているのは私だけ。この町には関係のないこと。私はすぐに町を出て、適当に王国軍をあしらってからどこか山の奥にでも身を隠します。短い間でしたがハイラスさんのご厚意は忘れません。ありが――」

「いえいえ待ってください、お待ちくださいリーナ様。そちらは私どもで手を打つと申し上げたはずですよ。貴女は私の大切な客人です。私が無理にお呼びして、ここに来ていただいたのです。こうしてひとたび迎え入れた賓客を無下に無策に放り出したとあっては、ヴァンザの盟主の名にも傷がつこうというものです」

「そうはおっしゃっても、町に迷惑をおかけするわけには」

「いいえ大丈夫です、ぜひともご安心ください。この件に関しては私どもがすぐに解決の手はずを整えましょう。お約束いたします、あの巨大湖アドリエルルの水面が夕日でオレンジ色に輝き始めるまでには、王国軍を帰宅の途につかせましょう。ですから、せめてそのときまでは町にお留まりください」

ハイラスさんの口調は流れるように滑らかで、穏やかだったけれど、どこか怒気を孕《はら》み、それでいて自信に満ちた威厳すら感じさせるものだった。

私は彼の手で、窓の枠からそっと下ろされてしまう。

「今日の夕刻までお時間を。よろしいですね？」

ハイラスさんは真顔で迫ってくる。

まあ夕刻までであれば待つのに問題はないけれど。

現状では王国軍はまだ軍の準備も整っていない様子。どんなに早くとも今日の夕刻までにこの町に到着することはない。来られるとしたらスース様が単騎で突撃してくる場合くらいだろうけど、まず考えられない。

思案する私。そこへ今度は一人の紳士が風のように現れる。それはハイラスさんの従者であるバスティアノさんだった。彼は到着するやいなやハイラスさんの傍《かたわ》らに近寄って、耳打ちを始めた。

そしてハイラスさんが大きくひとつうなずいた。

「遅ればせながら、こちらにも一報が届いたようです。王国軍が動き出したのは、やはり事実のようですね。よしバスティアノ、我らは急ぎ館に戻るぞ。早鷲《はやわし》の用意をしておいてくれ」

「ハッ、かしこまりました。それで送り先は？」

二人は話を続けながらこちらに会釈《えしゃく》をして、足早に部屋を出ていった。

○ハイラスのいらだち

ハイラスは大使館へと急ぎ戻る。

胸の中に苛立ちを抱きながら。

リーナのこれまでの王都での暮らしぶり。そこにも理不尽なものを感じてはいたが。

哀れにも、愚かにも、あさましくも。あの王太子はまったくの難癖で、突拍子もない冤罪《えんざい》で再びあの方の笑顔に影を差そうというつもりらしい。

王国はリーナに莫大な借りこそあれど、彼女を罪に問うような資格は何ひとつない。

まったくこれは、不公正な取引に立ち会ったような気分だった。

彼女の価値に見合わない。

ハイラスは心の中がざわつき、苛立ってしかたがなかった。

ヴァンザ同盟の資金力、経済力はこの地域でもトップクラス。最高クラスの冒険者が多く集まる場所でもある。手を尽くして迎え撃てば、リーナのいないトゥイア王国軍を正面から抑えるのも可能ではあった。

相手はこの都市めがけて進軍してきているのだから、迎え撃っても問題はない。

しかしヴァンザ同盟の彼らは商人だ。武力で打ち勝ったとて、それは彼らの戦いではない。

ましてや、苛立ちや私心で、ヴァンザの利益にならないような戦いを進めることをハイラスは良しとしない。

彼はこれまでも、私情で同盟での立場を利用するような行為はけっしてとらなかった。だからこそ同盟内外での彼の信頼は厚く、まとめ役として多くの大商人、商家、商都から推挙され続けている。

彼は怒っていた。唾棄《だき》すべき王太子を退けてやると。ただし、それでいて冷静だった。この件は個人的な憤りだけでなく、市民とヴァンザの利にもかなうようにと瞬時に考えを巡らし行動に移した。

彼は理想主義者でいて、同時に現実主義者だった。

このとき彼が大使館に戻ってからやったのは、僅《わず》かに数言の短文をしたためて、その文書を早鷲《はやわし》に持たせただけ。早鷲《はやわし》は、瞬く間に天高く昇って空のかなたに消える。

早鷲《はやわし》は飛んでゆく。北方の覇者である竜大公バジェスのもとへ。

竜大公は今、王国の北から飛竜で数時間の圏内に逗留《とうりゅう》しているということだった。

ヴァンザ同盟は商売上の広い活動領域を使って、他のどの組織よりも高度で洗練された情報網を握っている。少なくとも大陸内の要人の大まかな動きは常に把握している程度には。

さて、手紙の内容だが。そこにはけっして、援軍を求める内容は書かれていなかった。それでは対価として莫大な資金がかかるし、そもそもこの件で援軍を送ってくれる筋合いもない。可能性も低い。

代わりに書かれていたのは、リーナという薬士の話。

彼女は未開領域でのドラゴン素材獲得の冒険に必要な希少薬を提供してくれる薬士だ。

これは以前からすでに竜大公へ伝えてあって、そのとき大公は激しく喜んでいた。

何せ彼はドラゴン素材獲得にはめっぽう目がない。素材獲得のために重要な人物がリーナという大切な娘。その印象を与えていた。

その重要で類稀《たぐいまれ》な薬士に今、襲い掛かろうとしている愚か者がいるのだ。ハイラスは大公にそう伝えた。もちろん大公が今なら動ける状態にあることも知ったうえで。

手始めにハイラスが取った行動はこれだった。

そのあと、緊急の八人会を招集する。

八人会は、ヴァンザ同盟を代表する八つの都市の代表者や、あるいは代理権限を持った大使が参加して開かれる会議。あらゆる重要事項を速やかに決断するための機構だ。

同盟は支配する土地こそ多くはないが、影響力を持つ地域は広大。

八つの都市も各地に点在している。それで、どんなときにでも重要事項を即決するために、盟主の滞在する場所には常に近くに八都市の全権大使が集《つど》っている。

世間ではハイラスがほとんど独裁的に物事を決めているなどとも言われる。

しかし実のところ、この八人会のシステムがこの時代の他の国々や組織と比べて、遥かにスピーディに運用されていたのにすぎない。

八人会では速やかに全会一致で、王国に対する処置が決議される。

すでに飛び立っていた早鷲《はやわし》には、予定どおり北の要人に伝言を渡すようにと合図が送られた。

八人会の決議の中には、さらにいくつかの言葉が記されていた。

このことで王国は、それまで利益を享受していた重要な経済基盤を失うこととなる。

○北方より

「ハーナン、少しだけ様子を見てきますね。万が一に備えて」

「何をおっしゃっているのですかリーナ様？　この館に留まってくださるのでは？　連中のことは全てハイラス様が処理してくださいますから、リーナお嬢様は心安らかにこの場にてお待ちくだされば」

「ごめんなさい、それは分かっているのだけど。それでもこの場でただ待つよりも、万一に備えて一人で町の外にいたほうが気が楽なのです。これはもう性分。許してくださいね」

「それならせめて私だけでもお連れください。お嬢様！」

「心配するなハーナン。リーナには我らがついている」

ふいに、土の精霊ノームンがアースゴーレムの姿を借りて実体化し、ハーナンの前に現れた。どうやらもうすでに大河のウンディーネ達には浄化ポーションを渡し終えて、帰ってきたらしい。

結果は上々。あとは時間とともに汚染は鎮まるだろうと言った。

というわけで私は館を出て空に舞い上がった。ノームンや風の精霊シルフ達も連れて。

「ハーナン、あまり心配しないで。声も表情も少し乱れていますよ」

執事たる者、いついかなるときも沈着冷静にというのが彼のモットーだ。ほんの僅《わず》かとはいえ動作に慌てた様子が見えるのは、もしかしたら初めてかもしれない。

ごめんなさいと思いながらも、私は飛び立ってしまった。

空から北を眺める。

王国軍が進めるような大きな街道はひとつしかない。とくにあの殿下なら進みにくい山道や湿地などは通りたがらないだろうし。

このアセルスハイネの町から王都へとつながる街道。

それを三分の一ほど進んだところに開けた平野がある。

見通しがよく、ここなら騎士団の皆さんも私と出会ったあとに姿を見失わずに済むだろう。

私は上空で雷雲を呼び、身に纏《まと》い、もしも騎士団がここまで来てしまったときに備える。

彼らがここまで来たら雷のひとつでも落として気を引く。

誰も来ないでくれるのならば、それが一番助かるのだけど。

空にたゆたいながら、大空を流れてゆく白い雲達を眺めていると、時間も流れるように過ぎ去っていった。彼方に見える巨大湖アドリエルルの水面は、未だ深い青色のままだったけれど。

そのとき。

湖とは反対の方角、王都へと通じる街道の先に、ほんのりと小さな土煙が上がるのが見えた。王立騎士団だろうか。まだあの地点なら、日没までにはこの場所にすら到着しないだろう。

殿下の動きは概《おおむ》ね予想どおりだった。

さて、それでハイラスさんのほうは……約束の時間にはまだ早い。もう少しは様子を見たほうがよさそうだけれど……

そうこうしていると、私の浮かんでいる空の真下から、馬に騎乗したまま小さな岩山に登ってきた三名の紳士の声が聞こえてきた。姿も見える。

「リーナ様！　リーナお嬢様!!　貴女という人は、なぜ一人で飛んでいってしまうのですか」

まずは執事のハーナン。距離があるせいだとは思うけれど、珍しく大声を出していた。怒っては……ないよね？

心配をかけてしまったのは分かっているから、あとで精霊に貰った蜂蜜のお菓子でもあげておこうか。それで許してもらえるかは分からないけれど。

「ハーナン、危ないですよこんな場所に来たら。それにハイラスさんも、バスティアノさんも」

「ふっふっふ、はーーっはっはっは。リーナ様は、まったくお転婆《てんば》であらせられる」

ハイラスさんはなぜか爆笑していた。彼の笑いのツボには謎が多い。なぜにそんなに笑っているのだろうか。

従者バスティアノさんはそんなハイラスさんを地母神のような温かい目で見つめている。

さて、ハイラスさん達がこの場所に来て間もなくのことだ。

王都よりもさらに遠くの空から、見慣れぬ飛竜の群れが隊列を組んで飛んでくる様子が見えた。正確には目で見えたのではなくて、その魔力を感知したという感じなのだけれど。

「あの〜、ハイラスさん。ひとつ聞いてもよろしいですか？」

「ええ、もちろんですよ〜、なんなりと〜」

「飛竜の編隊が突如として現れて、王国軍の後ろに迫っているのですけれど、あれはハイラスさんのお知り合いですか？」

「飛竜の編隊。来ましたか。念のため確認を。そこからは一体だけ特殊な大型個体も見えますでしょうか？」

確かにそんな姿もあるようだ。

シルフ達にお願いしてハイラスさんも空へと昇ってもらい、ご自身で見ていただく。飛竜の速さは凄《すさ》まじく、急激に近づいてきていた。ハイラスさんは小型の望遠鏡を懐から取り出して覗き込んだ。

「あれはまさしく竜大公の飛竜騎士団。確かに私の知己です。先程連絡をつけたのですが、しかし流石《さすが》は竜大公。やはり自ら一団を率いてここまで来られましたか。いつもどおりの激烈な行動力です」

「竜大公。そんな方が、なんでまたこんなところまで？」

「あのお方にはですね……未開領域へのドラゴン探索に必要な数々の重要物資を提供してくれた薬士が、王国からいわれのない難癖で襲われていると伝えたのです。大公閣下は有能にして勇猛で獰猛《どうもう》、そしてドラゴンに目がないです。地理的にもこの町から王都を挟んだ反対側に大きな勢力を抱えている。私としては、ほんの少しでも王都に圧力をかけてもらえれば、王太子殿下も肝を冷やして軍を南進させる気も失せるだろうと考えたのですが……もちろん、竜大公自ら飛竜騎士団を引き連れて現れる可能性のほうが高いとは思いましたが」

ハイラスさんとそんなお話をしている間にも飛竜は降り立ち、その直後に、王国軍はクルリと方向転換を済ませてそそくさと王都へ引き返してしまう。

大公の飛竜騎士団もすぐに飛び立ち、北の領地へと飛び去ってしまう。

結局ハーナンの言ったとおり、私の出る幕はなかったというわけだ。

うちの精霊さんチームも張り切って待ち構えていたけれど、今日は出番が回ってこなかった。空は明るく、まだ夕暮れには早く、湖の水面は蒼さを保ったままだった。

「お約束は守れたようですね、リーナ様」

ハイラスさんはそうしてまた笑った。彼の笑顔は、屈託《くったく》のない少年の微笑みに似ている。

私達はアセルスハイネの町に帰還した。

ところでもうひとつ。竜大公閣下は、本当は私達のいるアセルスハイネにまで遊びに来るつもりだったそうな。

未開領域でのドラゴン探索や、そこで必要になるだろう魔法薬の話などなど、私やハイラスさんに聞きたいことが色々あったのだとか。

もちろん私もハイラスさんも、大公閣下にお目にかかるのは光栄なこと。いつでも遊びにいらしてほしいとは思うけれど、肝心の大公のほうが多忙で断念したのだそう。

そもそも、事前承認なしで他国の領地にいきなり飛竜騎士団で乗り付けるというのもとんでもないことなので、流石《さすが》にあの状況から遊びに来る流れにはならないのではと私は思うけれど。

ともかく私達はアセルスハイネの町へと戻った。

そしてハイラスさんはついでの仕事があると言って、なんだか忙しそうにしていた。戻るやいなや商船が集まる港のほうへと出向いていく。

なんでも、王都の横を通過していたこれまでの水上輸送に、変更を加えるらしい。

○雑魚《ざこ》王子の水運

「ひ、ひいい、たすけて、助けてくれスース。竜だ、竜大公が襲ってきたぞっ！」

あまりにも無様な姿だった。王太子セイゼルは、背後から突然現れた竜大公を一目見るや、すぐさま王立騎士団の陰へと姿を隠し、震えながらスースの名を呼んでいた。

それは誰の目にも無様に映った。実質的に軍を束ねている騎士団長は困惑しながらも、すぐさまセイゼルに代わって前に出て、竜大公との話を始めた。

竜大公が語ったのは、時候の挨拶と、近くを飛んでいたから立ち寄ったのだという話。

そして、この王国内にいるとある薬士を、自分は大切に思っているのだという話だけだった。

王太子セイゼルは、人陰に隠れながらこの話を聞いていた。そして震えた。

実のところセイゼルはまともに竜大公の話も聞けてはいなかった。震えていたのは、ただ相手の発する威圧感に怯えてのことだった。

十体の精鋭飛竜。その中央に立つ男の威容。大気を震わせる竜の咆哮《ほうこう》のような声。

結局セイゼルはすぐさま騎士団を反転させ、巣穴に逃げ込むネズミのように王都にある城塞の中へと帰っていった。下着を汚して醜態《しゅうたい》をさらしながら。

流石《さすが》のヴィヴィア姫も、このときは帰還してきた王太子の姿から目を背けた。

これまで彼女は、馬鹿王子は愚かでも扱いやすくて便利な駒《こま》だと考えていたが、再考する必要が出てきたと感じていた。

たった十騎のドラゴン騎兵が現れただけで、このありさま。あまりにも惰弱。

せめて一戦交えて逃げ帰ってくるなり、内政問題に干渉するなとでも言って、口先だけでも応戦してくればまだよかったものの、相手の姿を見ただけで即時撤退など考えられない。

いつもの威勢はどうしたのか。まったく見る影もない。こうなってしまうと、ではこの男にいったい何ができるのだろうかとすら思えてくる。

こういった落胆をしたのは、何もヴィヴィアだけではなかった。

これまでセイゼルは強気な男だと周囲からは認知されていた。いつもそのように振る舞っていたし、稀《まれ》に出かける魔物討伐のときにも、やはり強気は健在だった。騎士団の先頭に立って指揮をとることもあった。

しかしそれらは全て、事前に他の者が周到に準備をして、お膳立《ぜんだ》てをしたうえでの行為でしかなかった。魔物討伐といっても危険の少ない相手であったし、セイゼルから見て格下の相手だった。想定外の事態もまず起こらなかった。

それが今回は違った。一目見て感じさせられる明らかな威圧感。

常々聞き及んでいた北域の英雄、獰猛《どうもう》な偉人にして覇者。

そもそも彼は、こういう相手に相対するという経験をしたことがなかった。

ヴィヴィアはこのとき初めて己の選択に過ちがあったことを認めた。そして方向転換をする。

よし、婚姻がまとまり、子種を仕込みしだい雑魚《ざこ》王子は亡き者にしようと。

こいつを使った傀儡《かいらい》政治の予定であったが、それはやめて完全に乗っ取ることにしようじゃないかと。

彼女はこのときまだ、自分ならばもっと上手く国を治められると信じていた。

しかし竜大公の訪れは、まだほんのきっかけにすぎなかった。

致命的。運命の歯車は噛み合わさった。

この進軍と即時撤退の日の数日後のこと。

薬士リーナ・シュッタロゼルのもとへ一人の青年が訪ねていった。

○新航路

殿下の進軍騒動があってから数日後のこと。

私のもとに一人の青年が訪ねてきた。彼は大河アーセルユール河岸の冒険者組合代表だと名乗り、手には賢者スース様からの紹介状を携えていた。

「お目にかかれて光栄です、薬士様」

彼は跪《ひざまず》いて、大げさに礼をした。

大河の近くで生活してきた冒険者の一人だという。

あのあたりの冒険者は、主に大河を通る船を護衛するのを生業《なりわい》としている。

水棲モンスターに特化した戦いのプロでもある。もちろん彼らは水辺に住み、多くの時間を河の上で過ごすことになる。彼らにとっては河こそが生活の全てだ。

そんな冒険者組合の人が私になんの用があるかといえば、それはもちろん大河で猛威を振るっている毒の問題だ。

王都近く以外の場所ではすでにウンディーネ達の協力で事態は収束に向かっているけれど、王都周辺では問題の根本はそのままになっている。

そして彼らは、まさに王都近郊の大河で生活しており、被害が直撃してしまっている人々ということになる。

賢者スース様は彼らに伝えたらしい。薬士リーナのところへ行くといいと。

もちろん彼らはスース様に訴えた。その前に王国政府は何をしているのかと。何かしら事態の解決に向かって動いてほしいと。

河の上と河岸で生活しているだけあって、最も初めに被害を受けたのは彼ら。例年に比べて遥かに大きい被害を前にして、すぐさま王国中枢部に支援を願い出てもいた。

しかし結果は。

なぜか王太子殿下は沼も河も放っておいて、騎士団を率いて南西に進み、その日のうちに何もせずに帰ってきただけ。

目の前で発生している問題を放置して、わけの分からない行動をとったことに対しては、相当冷ややかな目が向けられたらしい。

他にはとくに対策らしいものはなく、賢者様一人が訪れて、駆除剤や毒消し薬を置いていった。だが、これも一時しのぎだった。

あとはアセルスハイネの薬士を訪ねてみてくれというだけだったらしい。

それでも賢者スース様以外に、彼らの力になった王国関係者は誰もいなかったという。

「なるほどそうですか。それでわざわざこちらまで」

当然私としては手助けしたい気持ちはある。提供できるものは提供したいと思う。

浄化ポーションは扱いが難しいから彼らに使えるかは疑問だけれど、せめてポイズントードの駆除剤くらいは分けてあげたいとは思う。

しかし、下手にものだけ渡してしまって、そのあとの結果は知りませんではいけない。

まずは私が懸念していることを伝えておこう。

「あの、ひとつ確認してもよろしいですか？　確か大河沿岸の冒険者の方々のお仕事は、あの河を通る輸送船の護衛でしたよね？」

「はい、そのとおりですが、それが何か？」

「それがですね、そもそもあの大河を使った水運ルート、近々使われなくなる可能性が高いのです」

殿下の進軍騒動があった日に、ハイラスさんが慌ただしく進めていたお仕事がこの件だった。

「…………はい？　なんですって？　河が使われなくなる？　今そうおっしゃったのですか？」

「ええそうです。これまであそこを通っていた商船のほとんどが、すでに別な航路を進み始めています」

「それで王都の水域を通る商船がいなくなると？」

「はい、全てではないでしょうが、大幅に少なくなるのは確実です。ですから、もしも皆さんが私の駆除剤を持ち帰って最低限の活動エリアだけでも正常化できたとしても、結局これからは、あの河には護衛すべき商船がほとんど通らなくなるかと」

冒険者組合の男性は口をぽかんと開けて押し黙っていた。

この水運ルート変更の話を、私はハイラスさんから聞いていた。

ヴァンザ同盟はルートを大きく変更するのだと。

これまで、巨大湖アドリエルルの沿岸国から集められた交易品は、大河アーセルユールを北上して王都を通り、その先の北方諸国へと運ばれていた。

もちろん帰路では北方の産品を満載して船は帰ってきていた。

あの王都は、水運の要衝《ようしょう》として栄えてきた土地でもある。

それは今の国王陛下から遡《さかのぼ》ること三代、初代様がこの水運の安定航路を確立して以来続いてきた一五〇年の栄華だった。

ハイラスさんは、それを切り替えるつもりだという。

理由はいくつかあるようだけれど、第一にはトゥイアの王都の政情不安定が挙げられる。

毒沼の問題があの地域では相変わらず猛威を振るっていて、しかも解決の目途《めど》がいっこうに立たない。

そんな水ひとつの問題から始まり、王家の求心力も目に見えて低下している。

まさに今日来てくれた冒険者組合の方のように、王家に頼っていてもどうにもならないと考える人達が増えてしまっているのだとか。

彼らの話によると、すでに冒険者達は王国への納税の一部凍結も申し出たのだとか。

冒険者達は日々命懸けで魔物と戦っているような猛者《もさ》ぞろい。決断も行動も速く過激だ。

王国内は混乱していた。

王都の脇を南北に延びる水運は、機能不全に陥《おちい》りかけている。

本来ならハイラスさんのような商人にとっても、使っていた航路に不具合が起きる大問題で、普通なら全面的に協力して航路の維持安定に力を貸すところだろう。

ところが今回ハイラスさん率いる商人連合ヴァンザ同盟は、早々にこのルートを切り捨てることに決めてしまった。

そして新航路を西に選んだ。これから商船団は巨大湖アドリエルの西側に針路をとる。そのまま北上して北域へと向かうそうだ。

巨大湖の西側というのは未開領域にも近いせいか、強力な怪物や魔物が頻繁《ひんぱん》に現れる。ようするにとても危険な航路で、これまではほとんど使われてこなかった場所。

ただ最近は、その未開領域の探索を進めるために、航海技術や船舶の強化も進んできたところで。いずれ西側航路を使った北域への大量輸送も始める予定ではあったそうだ。

それが今回、王都のゴタゴタという事態により、いよいよ本格的に動き出したようだ。

今までこれをやらなかったのは、トゥイア王国との関係悪化も考えてのことだったという。

あの王家のことだから、トゥイアの水運を使う頻度を減らすなんて言ったら、それだけでも激高しそうなのは誰の目にも明らかだろう。

「商船が来なくなる？　そ、そんな……それでは我々はどうすれば……」

組合の男性は悲嘆にくれた様子だった。

「もしよろしければですが、ひとつご提案が。実は先程話した新航路のほうで、大々的に人材を募集し始めているようです。大陸の西側沿岸の港町。そこを拠点にして水運の安全を確保するための人材です」

「つ、ま、り？　我々はそちらに移住をすれば……？」

「はい、皆さんなら生活に困ることはないかと。水に強い冒険者の方々向けの仕事が大募集され始めていますから」

「そ、そうですか。これはよいお話を聞くことができました」

冒険者組合の方はこうして帰っていった。

念のため駆除剤を少しくらいは渡しておいたけれど、あの様子だとすぐにも移住を決意する可能性は高いように思える。

彼らはきっと、王都を捨てるだろう。

もともと冒険者というのはフットワークが軽い。土地に縛られてしまう農家とは違って、いい仕事があればそちらに移りやすいものだ。

水運の守り手は王都近郊からいなくなる。

こうなるともちろん王国にとって経済的に打撃は大きいだろうと思うのだけど、さらにハイラスさんは、追い打ちをかけるように次の手も打っていた。

彼は大陸西側、沿岸部の港町で、大規模な減税策を打ち出した。対象は冒険者や商人、船大工だ。新しく発展していく地域に、必要な人材を呼び込むためなのだろう。

もちろん全ての港町でできるわけではなくて、同盟の影響下にある自治性の高い町に限られているけれど。

さらにはもう少し広い地域での人材募集も始まるらしい。新しく商売を開始したいという人向けに資本の提供までもやるという。やる気と能力さえあれば、新天地での商売を速やかに始められるように支援している。

王都近くの大河で活動していた冒険者達からしてみれば、頼りにならないトゥイア王家を見限って、税も安くて新航路開拓にも沸いている西側沿岸に移住する選択は、十分に魅力的だろう。

この話を聞いたとき、大河に棲《す》んでいるウンディーネ達は大丈夫だろうかなんて心配も私にはあった。水棲の魔物を駆除していた冒険者達がいなくなるのだから。

だけれども彼女達によると、むしろ人間が減るのを喜んでいるそうだ。

魔物なんて倒せば済むけれど、人間は下手に攻撃するとあとが面倒だから。

この機会にアーセルユールでの勢力を拡大してやると息巻いている若ウンディーネも多いらしい。

彼女達は神秘的で麗しい見た目の種族だけれど、中身は意外と血気盛んだ。

これまで大河は人間の勢力が優勢だったけれど、もしかするとあの地域ではウンディーネ達が力を増していくかもしれない。


それからさらに数日後のこと。

冒険者達は見事に大河アーセルユールから姿を消した。

今は王立騎士団が大河に駆り出されて対処に乗り出したそうだけど、本来騎士団が専門とする仕事とは違っているから、何かと苦戦を強いられているようだ。

そもそも守るべき商船がほとんど通らなくなってしまったのだから、今になって対策をしてもあまり意味がなさそうだけれど。

王国の基幹産業のひとつだった南北をつなぐ水運事業。この通行税だけでもかなりの利益があったはずだ。

その収入が減り、河を維持するコストは増えていく。

減り始めた国庫の中身を見ながら、国王陛下と王太子殿下は何を思ったのか？　ここで彼らが新たに打ち出した政策がある。

それは、ヴァンザ同盟が支払う年貢金の割り増しだった。

そしてもうひとつ。ヴァンザ商人が王国内で得た利益にかかる税金の割り増しだった。これで同盟の強い影響下にあるアセルスハイネの町の人々も、もちろん税の割り増し分を支払う必要が出てくる。

アセルスハイネは高い自治を認められている都市国家のようなものだけれど、一応は王国の一部だ。毎年の年貢金も支払っているし、その他諸々の税も納めている。

この増税令は完全に、王国が報復として仕掛けてきたものだった。ヴァンザ同盟が大河の航路を放棄した腹いせに。

なのだけれど、ハイラスさんはこの増税令をきっぱりとお断りしてしまった。完全無視をきめこんだのだ。

彼は優しそうな顔をしているけれど、やはりヴァンザの盟主。引かない部分は一歩も引かない人だった。商業に関する王国との条約は、これまでどおりを維持する姿勢。

普通であれば、これに対して王国サイドは軍事行動をとってでも言うことを聞かせたり、少なくとも威圧したりくらいはしてくるはずだ。

ところが。今の彼らはそんなことがまるでできないでいた。

何せ国内情勢は乱れているし、しかも北の竜大公も怖いのだ。

あのとき、たった飛竜十体で下着を汚すほど恐れおののいてしまった王太子殿下。

前回のたった一度の竜大公飛来ではあったけれど、あれが王太子殿下に対する強烈なけん制にもなっていて、王都から騎士団を離れさせる気なんて起こらない様子。

今、騎士団を南下させる気持ちなんてないのはバレバレだった。アセルスハイネを攻撃することは、もうすでにできない状態。

ハイラスさんはここまでのことを見越して、あのとき竜大公バジェス様に手紙を送っていたという話になる。

この一件はしばらくの間、このあたりの町でも語り草になっていた。ただしハイラスさんについてというよりは、むしろ殿下についての語り草。

王太子殿下側から見てみれば、そもそもが意味のない戦いを仕掛けた末に酷い醜態《しゅうたい》をさらし、そのせいで王国の重要な産業が衰退するきっかけまで作ってしまった。

まったくとんでもない大技をやってのけたものだという評判は、しばらくの間、人々の口に上らない日はなかった。

さて、その後のこと。

王都近隣以外での毒沼問題はすっかり収まってきて、新航路への転換も順調に滑り出した頃。

私の住む館の敷地の外、あまり広くはない石畳の道に、飛竜が二体舞い降りてきた。

訪問は事前に聞いていたけれど、それでも少し驚かされる。

飛竜の背から下りてきたのは竜大公バジェス閣下。

想像していたよりも若々しい人物だった。普通の人間でいえば三十歳くらいの見た目だろうか。この方クラスの英傑《えいけつ》になると魔力も豊富、その影響で長寿になるから、見た目だけで年齢は分からないけれど。

大きな身体に龍鱗《りゅうりん》を使った鎧《よろい》を纏《まと》った姿は、今にも火炎でも吐き出しそうな迫力があった。

あまりの威容にため息が漏れるほど。彼は純粋な強さという魅力を身体の奥から立ち昇らせていた。

私とハイラスさんは門の外にまで行って大公閣下をお迎えし、そして簡単な挨拶を交わす。

とても自信に満ち溢れた居住まい。ただそれでいて、どこか愛嬌《あいきょう》のある人柄でもあり。どことなく少年ぽいというか、屋敷に入ってこられた今この瞬間も、副官の方と楽しそうに言葉を交わしていた。

「よいかグラン！　ドラゴンはその全身から最上の素材が獲れるのだ。上手く使役すれば最高クラスの戦力にもなる！　だからワシのドラゴン好きをただの道楽と断ずるのは止めるべきだ。悔い改めるがいい」

「閣下。私もある程度はその意見に賛同いたしております。ただし、程度というものがございましょう？　ドラゴンのドの字を目にしただけで、国政の全てをなげうってでもドラゴン方面に全力を傾けるのはおやめくださいと申しているのです」

「国政は国政でちゃんとやっておるわ！　堅物め。少しくらいのドラゴン遊びは大目に見れないものか。こんなに頑張って仕事をしている統治者など、ワシ以外にそうそういるものではないぞ」

「それにも賛同いたしましょう。ただ、閣下ならもっとできます。せめて北方の地を完全に平定してからそういった世迷い事は言い放っていただきたいものですね。ねえハイラスさん、そうはお思いになりませんか？」

ハイラスさんは苦笑い。どちらかというと彼にとっては、もっとドラゴンがらみで大公閣下との商売を進めたいだろうから。

大公閣下の御一行は、これから法王領に行くところ。その道すがらアセルスハイネにも立ち寄っていただいたそうだ。道すがらとは言っても、かなり方角が違うようにも思うけれど。

ともかく滞在されたのはほんの一瞬。軽いランチをともにしただけだった。すぐにまた飛び立ってしまわれる。

「リーナ、それでは未開領域に行く冒険者達のバックアップを頼んだぞ。ワシはな、できれば上位火竜や雷竜系統の素材なんかが手に入ると嬉しいのだが、これがなかなか手ごわい。火や雷の耐性上昇薬でもあれば……」

「ええ、分かりました大公閣下。先日の御尽力のお礼のためにも、できうる限りご協力させていただきます」

「いやいやリーナ、先日の件はな、あれがすでにワシからの礼だったのだ。すでに貴女はドラゴン狩りの冒険者達に希少極まりない薬草を渡してくれたのだ。ワシは彼らの帰還が楽しみでしかたがない。まあ、これからのことも何とぞ協力を願いたい。いやしかしハイラス殿は流石《さすが》の目利《めき》き、一流の商人だ。これほどの逸材、麗しの才女をどうやって手に入れたのやら。まったく羨ましいことだ」

まだまだ話が止まりそうにないバジェス閣下。そんな彼をいなすように、副官さんが彼の前にすっと身体を割り込ませた。

「はい、それはまったくそのとおりでございます。しかしもう参らねばなりません閣下。次の予定が押しているのです」

「チィッ、分かったわい。ではさらばだ、リーナ、ハイラス！」

そうして彼は、あっという間に飛び立って、もの凄い速度で空の彼方へと姿を消してしまう。まったく嵐のようなお方だった。

○執事ハーナン。それから魔法薬店

ある晴れた日の午後。

王太子殿下の巻き起こした騒動も落ち着いてきた頃。

今日も執事ハーナンは頭の上にファイヤバードを乗せながらお茶を淹《い》れてくれた。

頭上の小鳥は今日も元気に燃えている。

この光景を初めて見たときは戸惑ったものだけど、最近では、ああ、また乗られているな程度にしか思わなくなってしまった。それくらい日常の光景になっていた。

本人曰く、執事たるものには火や雷や冷気に対する耐性は必須なのだそうだ。

ファイヤバードのほうにしても、この人の頭の上でなら炎を上げていても大丈夫だと分かっていて燃えているらしい。

「執事とは、いついかなるときも粗相《そそう》のないように努めるものです。ですから、火事や火炎攻撃、あるいは雷に撃たれた程度で給仕の姿勢を崩さぬように努めているのです」

「へ、へぇ」

「同様にですね、ノックバック耐性も必須だと考えます。多少の打撃を受けた程度でいちいちよろめいていては、大切な食器を割りかねないでしょう」

「まあハーナンがそう言うのなら、そういうものなのかしら？」

「はい。ごく一般的に言ってそういうものですよ、お嬢様」

私は初めて聞いた説だけれど、実際にハーナンはこうして頭の上にファイヤバードがいても姿勢を崩さず、頭も焦がさずに平然と給仕できているのだから、あながち特殊なことでもないのかもしれない。

「あのリーナお嬢様？　こんなのハーナンさんだけですからね？　私達にはできませんからね？」

横にいて話を聞いていた常識人メイドのエリスはそう言った。

やはり頭にファイヤバードはおかしいらしい。

とにかくハーナンはファイヤバードにやたらと気に入られてしまったようで、最近ではいつでも彼の周りを火の小鳥達が飛び回っているのだった。

そういえばふと思い出したけれど、ここまで動じない執事ハーナンでも、以前に軽く足を躓《つまず》かせていたことがあった。その話を彼に聞いてみると、まだスリップ耐性や転倒防止能力は完璧とは言えない状態なのだと教えてくれた。

かなりの低確率ではあるけれど、稀《まれ》に転ぶこともあるらしい。

「お恥ずかしい限りでございます」

私は彼の随分とレアな一瞬を見ることができたらしい。なぜだろうか、ちょっとラッキーだったような気がしてくるのは。

さてそんな午後の時間。私は館の中の様子をしげしげと眺めてみる。

ようやく引っ越しも一段落してきただろうか。

王太子殿下のおかげで余計な騒動もあったり、他にも思いがけないお客様の訪問もあったりで時間がかかった。

もちろん王国内は相変わらず騒動が続いて騒がしい状態ではあるけれど、この町にはそこまで影響が出ていない。むしろ、新航路の本格運用が始まったこともあって活況を呈しているくらいだ。この町はこれから西回り航路の重要な拠点として活用されていくようだ。

半聖域化した館の中もとりあえずの手入れはできてきていた。

初め予定していたよりも聖域が大きくなってしまったこともあって、手入れにも随分と骨を折った。

見た目も構造も変わってしまった屋敷だけれど、メイドのエリスなんかも最近では少しずつ慣れてきてくれたようだ。

「落ち着いて見てみると、なんだか伝承に聞くハイエルフの棲《す》まう高貴な森の館のようですよね」

そんなふうに言ってくれるくらいにはなっていた。

落ち着いて見ていなかった頃の彼女の目には、どう映っていたのかは気になるところだけれど。それ以上深く聞くのはやめておくことに。

魔女屋敷だとか人外魔境だとか言われでもしたら困ってしまう。邸内には土も緑も水も光も炎も溶け込んでいる。

私にとってはむしろ、メイドや執事がいる生活のほうが驚異的だったかもしれない。

初めの頃はそのことに戦々恐々とさせられていたくらいだ。

これでも一応は王太子殿下の側妃候補の一人ではあったというのに。この身体に染み付いているのは自由気ままな薬草園生活なのだ。

人生で一番の話し相手は、これまた自由気まま極まりない妖精のノームン。それ以外にはせいぜい他の妖精か、賢者スース様。

そのスース様も自室にこもるのが好きな方だったし、身近に従者や使用人なんていなかったのだ。

ともあれ、私の新生活もようやく始まる。

この町で薬士としての仕事をキチンと始めようと思っているのだ。

今の私の野望、それは、普通の薬士として普通に生きられるのだと証明すること。

少し前にノームンと他愛のない世間話をしていたときのこと。

ふと、〝私なんて〟という言葉を使ったら、ノームンが少し悲しそうな顔をしたのだ。

自分ではたいした意味もないつもりで発した言葉だったけれど、ノームンはそうは思わなかったらしい。

それでなんとなく、そういう話になったのだ。

ノームンは言うのだった。リーナには他の人間には到底持ちえないような力があるじゃないかと。

私は答えた。普通の人にできることでも、私なんかにはできないこともあるのだと。

ノームンは言う。リーナには普通に生きていくための力だってちゃんとある。真面目に薬草の勉強をして栽培もして、それに薬士としての知識や技術も一生懸命身に付けてきたのだからと。

そんなものだろうか？　そんなものだよ。

というわけで、それをきちんと実践してみるべきだという話になったのだ。

そもそも私が小さな魔法薬店をやってみたかっただけの話でもあるけれど、とにかくきっかけはそれだった。

おおげさな言い方をしてしまえば、これは私の証だ。

それに、あそこの植物モジャモジャ屋敷に住んでいる女は、いったい何者で何をしているのやら？　なんて思われているよりは、ちゃんと薬士だと認識しておいてもらったほうが、何かとよいのではないだろうか？

薬士です。私は真っ当な薬士なのですとアピールするためにも、ちゃんと看板を掲げて仕事をすることにした。

というわけで私は外の通りに面した場所に、看板を設置する。

使われていない適当な小屋もあったし綺麗に掃除もしてあった。私の考えているような小さなちょっとしたお店ならすぐに準備はできた。

お店に並べるのはどこの魔法薬店でも置いているような定番商品ばかり。たくさんのお金を稼ごうというわけではないから、まずはこれで始めてみよう。

純粋にお金を稼ぐだけなら、すでにハイラスさんと薬草や魔法薬の取引をしてもらっていて、それで十分な生活資金は賄《まかな》えているから。

ただしそれは主に希少品ばかりで、精霊達の薬草園からの恩恵があってこその品物ばかり。

もし何かの理由で彼らの助けがなくなってしまったら？　ノームンは、私の傍《そば》を離れないよだなんて言うけれど。

この小さなお店。始める話をハイラスさんにしたときには、彼も歓迎してくれた。

アセルスハイネの町は今まさに人口が増えていくいっぽうだから、魔法薬店ももっとたくさんあってよいと考えているらしい。

ハイラスさんは忙しい中わざわざ時間を作って、帳簿の書き方を私に教えてくれた。

読み書き計算は幼い頃にスース様が教えてくれていたからひと通りは大丈夫だけれど、流石《さすが》に帳簿の書き方なんて私は知らなかった。

執事ハーナンも職業柄、帳簿や会計についての知識があるようで、手助けしてくれた。

「本来は執事よりも会計係の仕事ですから」

なんて言っていたけれど、流石《さすが》はハーナン。

その仕事ぶりはハイラスさんのお墨付きを貰うほどに手慣れていた。

私は二人に教わりながら、まずは材料にかかったお金を書き込んで、原価なんかも計算してといった具合に仕事を進めた。

魔法薬に使う材料は、基本的に私の薬草園で採れたものを使うことにした。

もちろん植物以外に魔物からしか採れない材料なんかもあるから、それは他所で買ってくる。

ここで問題がひとつ。

うちの薬草園は精霊達も栽培に協力してくれているから、他所のお店よりずっと効率的に栽培できて、安く採れてしまうのだ。

それはいいことでもあるけれど、私がやりたいのはあくまで一般的な魔法薬店での生活。

そんなわけで、材料は自前の薬草園のものを使ってしまう代わりに、それとは別に帳簿上では市場での価格をもとにした正規の材料費も書いておくことにした。

こうしておけば、魔法薬の売値を決めるときにも、市場価格に基づいた適切な値段を設定できる。

もしも不当に安い値段で売りに出したりしたら、きっと他所のお店の邪魔にもなってしまうだろうし。

ハイラスさんはこの帳簿を見て、またいつものように笑っていた。リーナ様らしいですねなんて言って。

こうして皆さんに協力していただいたこともあって、準備はすっかり整った。

さああとは、いらっしゃいませお客様方。リーナの魔法薬店は本日開店でございます。ございます……ございます……

まあ流石《さすが》に、まだほとんど宣伝も告知もしていない状態で、いきなり始めてもお客さんなんて来ないだろう。うんうん、まだお知らせしてあるのは身近な人達にだけで、これから徐々にご近所の方に知っていただいて……

と、来た。やった。やったぞ、お客様第一号がやってきた。

と思ったらすぐに通り過ぎてしまって……いえ、やっぱり戻ってきてくださいましたよ。

さあ、いらっしゃいませ！

そんな具合に一喜一憂していた私に、待望のお客様がやってきた。

ただそれは、どうも、人間ではないようだった。

一見すると人間によく似ているけれど、おそらくあれは湖に棲《す》む精霊。

先日一度、庭の泉から顔を出して訪ねてきてくれたあの精霊の一族だろう。

ナイアードという種族の精霊だと思う。

大河アーセルユールに棲《す》む水の精霊ウンディーネ達の姿が水のように透き通っているのに対して、同じく水の精霊であるナイアードの姿は人間とあまり差がない。

人間との違いとしては、ナイアードは必ず美しい女性の姿をしているということくらいだろうか。あとは、なんとなくシットリもしている。

「あのこちらに、精霊でも買える魔法薬店がオープンすると伺《うかが》ったのですが？」

「あ、ええ。そうです。どなたでもご自由にお買い物していただけますよ。人間の通貨がなくても結構です」

まったく私らしいことだった。実は精霊達にはすでにこの店のことは知らされているのだ。

もちろん誰であろうとお客様は歓迎。いくら普通のお店を目指すのだといっても、精霊お断りなんてするわけもなく。

「ナイアードでも取引できるなんて、ここは素敵なお店ですね。実はつい昨日こちらの噂を聞いて、半信半疑ながら訪ねてきたしだいなのですよ」

ナイアード。それは巨大湖アドリエルルの一部水域を治めている精霊の一族。

「店の噂を昨日聞いてとなると、やはりナイアードの王妃様から？」

「ええ、そうです」

王妃様はちょうど昨日、私達の引っ越し祝いで我が家まで来てくださったのだ。お土産《みやげ》にたくさんの水産物まで携えて。私はあちらの文化や社会構造についてはよく分からないけれど、随分と名誉なことなのではと思う。

「私は湖底の宮廷勤めの身でして。妃殿下からここの話を伺《うかが》って、ぜひとも立ち寄りたいと願い出て陸地に上がる許可をいただいたのです」

私がこれまでに知り合った精霊達の場合、その身分制度は人間ほど複雑ではなかった。一～二名のトップがいるだけで、あとは階級らしきものはないのがほとんどだ。

ナイアード達の場合は、それよりもう少し複雑な制度を持っていそうな印象。

王妃様は私と精霊ノームン達のことを、大河アーセルユールのウンディーネから聞いたらしい。トゥイアの王都にあった精霊の薬草園が湖上の町に移住するから、仲良くやってくれというような話をしてくれたのだとか。

昨日、王妃様は他にも数名のナイアードを引き連れていらっしゃったのだけど、何やらウチのノームンさんがやたらと彼女達からモテていた。モテモテだった。

いつも私の前にいるときは気さくで適当なノームンだけれど、彼は他所の精霊と会うときに少しだけ澄ましたような顔をする。

ナイアードという種族は女性ばかりだから、男タイプの精霊に興味があるだけなのかもしれない。けれど、それならウチには他にもたくさんの精霊がいるというのに。

ノームンはもしかすると精霊界ではいい男だったりするのかもしれない。

私は子供の頃から一緒にいるからよく分からないけれど。

それはともかくとして、ちょうど今日から店を開く予定だった私は、話題のひとつとしてお店の話をした。

それがまさか、人間のお客さんよりも先に来てくれるだなんて思っていなかったけれど。

考えてみれば相手はこのあたりのナイアードを統《す》べる方なのだ。ちょっとした世間話くらいでも宣伝効果は大きかったのだろう。

それに比べて人間相手にはたいした宣伝もしていないのだ。当然の帰結かもしれない。

ちゃんとした人間ですよと世間と自分にアピールするために開いた店なのに結局こうなるのは、いかにも私らしい。

さてその後、お客様第一号のナイアードは、山のほうでしか採れない薬草を中心にたくさんのお買い物をしてからお帰りになった。

彼女はナイアードの宮廷で資材調達を担当しているそうだ。基本的に水中で暮らしているから、地上の薬草は安定的に入手できないのだと嘆いていた。

私の薬草園もそれほど広大というわけではないからたくさんは用意できないけれど、種類だけは豊富だ。彼女はまた来ると言い残して湖へと戻った。

彼女は人間の通貨をあまり持っていなかったから、お代はお金ではなく物々交換でとなった。

持っていたいくつかの品物の中から私が選んだのは「ナイアードの水」というアイテム。ナイアードが棲《す》む水には、場所によって様々な効能があるのだ。例えば病気が治るとか、詩の才能が身に付くとかのように。

もちろん今回貰った「ナイアードの水」も特殊効果のある水だ。

本来なら人間界にはまず出回らないアイテムなので、私は思わず、こんなものを貰ってしまっていいのかと確認した。

彼女のほうからすると、ナイアードの世界では手に入らない薬品が、こんなに簡単に手に入ってしまってよいのだろうかと思っているらしかったけれど。

この水の効能は、振りかけた物質に水属性の加護を付与するというものだ。

例えば盾にかければ水属性の守護効果が付与されて、火の攻撃に強くなる。

剣に振りかければ攻撃に水属性の効果が加わって、炎系のモンスターなどに大ダメージを与えられる。そんな感じだ。

私の薬品の中にも、似たような属性付与効果を持ったものもあるけれど、使い方も効果も少し違う。

私のほうの魔法薬は基本的に染み込ませて使うもの。材料が布や糸や土のような、水分を吸収するものだと効果が高い。金属には焼き付けるなんて方法もあるけれど。

それに対して「ナイアードの水」は精霊の加護なので、対象が布だろうが金属だろうが、あるいは人間や生き物、精霊そのものだろうが、とにかくなんでもありだ。

他の魔法薬と重ね掛けして効果を重複させるのも簡単だ。

そしてもうひとついいところが。加護を与えるという以外には、対象の性質を変えないのだ。

例えば……この水を布や糸に振りかけても、色がつくこともなければ匂いがつくこともない。他の魔法効果を阻害することだってない。

私はこの水を見たときに、ふと思い出したことがあった。

少し前にハイラスさんから聞いたお話だ。

確か著名な魔法衣アーティストのフィニエラ・デルビン氏が、特別な刺繍《ししゅう》糸を探しているという話があったのだ。火と水、ふたつの相反する魔法属性を和合させる効果を持った、美しく淡い紫色の刺繍《ししゅう》糸を望んでいると。

あの刺繍糸《ししゅう》、「ナイアードの水」があれば作れるような気がしてしまうのだけれど……

ただし相手は気まぐれアーティストで、完成品を持っていっても本当に喜んで買い取ってくれるかは分からない。そんな話でもあった。

今回はとりあえず、とても希少なこの「ナイアードの水」を手に入れておくだけにしておいて、刺繍糸《ししゅう》の製作まではやらない予定。

糸を作ってからいらないなんて言われたら困ってしまうから。

もしデルビン氏が必要としなくとも、「ナイアードの水」自体が他にいくらでも使い道のある貴重品なのだから。しばらく倉庫に保管しておこう。いずれまた、その日がくるまで。


その後、店には無事に人間のお客様にも多数立ち寄っていただけた。

近所のご婦人と、ハイラスさんのお知り合いが多かっただろうか。

皆さんまずは試しにという雰囲気で、基本的な回復ポーションや、魔力回復ポーション、簡単な風邪薬などを買われていく。

低価格の品物が中心なので大儲けというわけにはいかないものの、利益よりも別な目的のために開いた店。私としては大満足の一日となった。

普段は引きこもりがちな私だけれど、この町の人達にはとてもなじみやすい雰囲気がある。

もっとも、これまで生活してきたのが中央貴族の皆さんの権謀術数《けんぼうじゅっすう》の渦《うず》の中だったから、一層そんなふうに感じるだけかもしれない。

ちなみに午前の早い時間にハイラスさんにもお買い上げいただいたけれど、あれはちょっとノーカウントだろうか。

すでに以前から注文を受けていた分をお渡ししただけなのだから。

店のお客さんというよりは、卸し先といった感じだろう。

そちらは店頭未販売の特殊アイテムを中心としたラインナップになっている。

以前にお渡ししたオニキス草。

あれはそのまま服薬するだけで一時的に魔力を強化してくれる薬草だったけれど、今は練成してポーション化したものを、ハイラスさん専用の調合にしてお渡ししている。

使用期限は短くなってしまっているが、効果の持続時間を延ばしてあるのと、正確な時間をしっかり維持できる仕様だ。

ハイラスさんにお渡ししているものはどれも、一般に流通している類似品よりもかなり強力で強烈なので、店先では販売しないことにしている。

訓練を十分に積んだ人でないと使用に耐えられないような劇薬なんかもあるから、しっかりとした管理ができる人にしかお渡しできない。

そしてこれらの品物なのだけど、これがかなりとんでもない価格で購入していただいている。だから生活費としてはこちらだけで事足りてしまうのだった。

「色々とありがたいことですね……」

「何がありがたいのですか？　リーナ様」

店先の片付けをしながら、一人呟いた私。気がつくとすぐ近くにまでハイラスさんが来て立っていた。午前中も来てくれたのに、また様子を見に来てくれたようだ。

「あらハイラスさん、こんにちは。もうそろそろ、こんばんはですかね」

「こんばんは、お邪魔いたしますリーナ様。お店の初日はいかがでしたか？」

「おかげさまで。ありがたいことにたくさんの方に来ていただけました。私もなんとかこの町で暮らしていけそうだなって、思っていたところです」

「それはよかった。ぜひ末永く、ご一緒させていただきたいですね」

ハイラスさんは爽やかスマイルを炸裂させる。ただ彼はこの町に永住しているわけではないから、末永くとはいかないような気はする。

今は大きなお仕事があってこの町に長期滞在しているだけなのだ。

「ああそうだハイラスさん、ひとつ面白いものを見つけたのですよ。ちょっと見てみます？　以前に言っていた特別な刺繍糸《ししゅう》。もしかすると上手く作れるかもしれません。そのための材料が手に入ったのですけど」

「おお、それは本当ですか？　素晴らしい、ぜひとも見せてください」

私は一度しまいこんだ「ナイアードの水」を取り出して、店の奥の作業机の上に載せて、イスに座った。先に座って待っていていただいたハイラスさん。彼はグイと身を乗り出して覗き込んできた。

ひと通りの説明をしてみると、今度は私の顔をしげしげと眺めて……って、近い。顔が近いのだけれど。

「え、ええと、ハイラスさん？　どうかされましたか？」

私は半ばのけぞるようにして席を立ってしまう。

「あ、ああこれは失礼をいたしました。あまりのことに少々昂ぶってしまって。しかし貴女という人はどういう方なのでしょうね。このことはさっそくフィニエラ工房のほうに連絡を飛ばしてみましょう。今時点での先方の詳しいオーダーも確認して、正式受注となればリーナ様に製作をお願いしたいと思います。これは私と貴女だけでなく、ヴァンザ同盟全体にとっても大きな利益になるような出来事。魔法衣アーティスト、フィニエラ・デルビン氏との関係を太くできるというのは、それだけの価値がありますから」

ハイラスさんはいつもの落ち着いた雰囲気よりも少しだけ熱っぽく語った。

私にもある程度は分かる。フィニエラ工房の作品というのは、貴族の間では一種のステータスなのだ。

それを身につけて社交の場に出向けば、それだけで一流の証になるような。政争の道具に使われることさえあるほどだ。

「それではリーナ様。またあらためて」

ハイラスさんは刺繍《ししゅう》糸の製作についていくつかの確認をしてから、夕暮れのアセルスハイネの町に戻っていった。

私のほうは、今日は流石《さすが》に疲れを感じてなんだかグッタリ気分だった。

庭仕事なら一日中やっていても大丈夫だけれど、お客様と対面して接客するなんてまったく慣れていないから。

そそくさと店じまいを済ませて、私は奥の館に引っ込むのだった。

ハーナン達は食事の準備を済ませてくれているし、ノームンやファイヤバード達は優しくて温かな歌を聞かせてくれた。

私なんかにはもったいない幸せだ、なんて言ったら、またノームンに叱《しか》られてしまうだろうか。

魔法薬店を開いてから数日。今日はメイドの一人であるイヴリスが、店番をしてくれることになった。

彼女は常識人メイドであるエリスの妹。

姉のほうがこの屋敷で一番の常識人であるのに対して、妹イヴリスは魔法薬や錬金術に関心を寄せている才女である。

二人ともアセルスハイネで名のある商家の娘で、花嫁修業としてこの屋敷のメイドをやってくれている。

姉エリスの将来の希望は良家に嫁《とつ》ぐこと。できれば裕福で優しくて楽をさせてくれる旦那様ならなおよし、とのことだ。

妹イヴリスは、それよりも、錬金術士や薬士になって自分で仕事をやっていきたいようだった。

二人の上にはさらに三人の姉がいるそうで、イヴリスは通算で五人姉妹の末娘。

彼女は静かに笑いながら言う。自分は五番目だから結婚の順番を待っているのが面倒なのだと。

自分の番がくるまでに、良家に嫁《とつ》ぐために必要な持参金を捻出する余力が、家に残っているかどうかも疑わしいなどと語っていた。

「それではリーナお嬢様。いってらっしゃいまし。とても美しい町ですから」

「アセルスハイネの町をよく見てあげてくださいませ」

エリスとイヴリスの姉妹に見送られて私は屋敷をあとにする。今日は久しぶりに外出してみようと思ったのだ。

この、水の輝く都アセルスハイネ。せっかくここに住み始めたというのに、私はこれまでほとんど家の中と庭だけで過ごしていた。

もちろん、庭は聖域化されていて亜空間のようにもなっているから、外から見るよりもずっと広いのだけれど。そのせいで、引きこもっていたという自覚がないのは、かえって問題だったのかもしれない。

というわけで、いざ町へ。が、しかし……

「お嬢様、外出にはもちろん私もお供させていただきます」

「ハーナン、私一人でも——」

「お、供、させていただきます」

ハーナンのその一言には固い決意が込められていた。絶対についていく、当然、確実に、是が非でもついていくという固い決意をヒシヒシと感じさせる言葉だった。

『面倒な男だな。俺がついているから何も問題なんかないのにな』

土の精霊ノームンは、私の隣で腕組みをしながら厳しい顔をしていた。

ミニゴーレムに姿を変えて実体化して、執事ハーナンとの間にバチバチとした火花を散らす。

そのせいで、なぜか私が二名の間を取り持つような形になってしまう。まあまあ皆で仲良く行きましょうよ、という具合だ。

「ではお嬢様。せっかく水上の都アセルスハイネにお越しになったのですから、今日はぜひこちらを使って水上路で町を回ることにいたしませんか？」

ハーナンがそう言って指し示した先。この屋敷に隣接した場所には、一本の大きな水路が流れている。かつてこの建物は町の拠点となる主要な砦《とりで》のひとつだったと聞いているけれど、物資を運び込むためにも大きな水路が必要だったのだろう。

ハーナンの勧めで私達は小船に乗り込んだ。

ただし精霊ノームンだけは姿を完全に消して、私の胸元にかけられた小さなチャームの中に宿っている状態だ。

普通にしていてもノームンの姿は他の人間の目に見えることはまずないのだけれど、

たまに薄《うっす》ら存在くらいは感じる人もいるようだ。だから人ごみに出かけるときのノームンは、こうして完全に姿を隠してしまう。

　小舟は澄んだ水の上をすべるように進み始める。

「お嬢様はご存知かもしれませんが。この小舟は『白の水棲牛《すいせいぎゅう》』と呼ばれる種類の舟でして、水中の魔物から人間を守ってくれる伝説の聖牛をモチーフにした運搬船なのです。船体には聖水を混ぜた白い塗料が使われていて、銀とミスリルを使った対魔補強も施されています」

　ハーナンは舟を操作しながら、その由来などを語って聞かせてくれる。聖水を混ぜた白塗料なんて、薬士の私には興味深い話だった。

　浅い水路を進む平底の小舟は、町の市場や中心街のあるほうへと舳先《へさき》を向ける。すべるように水面を切り、舟の両脇に現れたさざなみはキラキラと陽光を反射している。

　ハーナンはこの町の出身だ。生まれたときからここで育ってきただけあって、町の名所や成り立ちにも詳しい。

　すれ違う人々からも親しげに挨拶をされている。

　私が魚介類を売る店に行ってみたいと伝えると、彼は器用に小舟を操作して、なじみの店に連れていってくれた。どこに行っても町の中は活気づいているようだった。

「あらハーナンさん。今日は何を持っていきます？　……ってやだねえ、なんだい、えらく可愛い娘さんを連れてるじゃないの、なんだい珍しいこともあるもんですね。デートかい？　やだよぉ、いい人ができたなら、ちゃんとおばちゃんにも教えてくれなくちゃ困りますよ。ふふふ、めでたいねぇ、なら今日はちょっとプレゼントで――」

「いえいえいえ、おかみさん違いますよ。まったく違います。こちらは、今私が御仕えしているあの屋敷のお嬢様、リーナ様です。お嬢様すみません、とんだ失礼を」

いつも沈着冷静で鉄仮面なハーナンが、珍しく少しだけ慌てた様子を見せてくれた。なんだかおかしくて、私も笑ってしまう。

それからも行く先々の人とハーナンは挨拶を交わし、言葉を交わしていった。

そんな中、珍しく私のほうに声をかけてくる一人の女性が現れる。どこかで見覚えのある顔だけれど、ええと、ああそうか、思い出した。

つい先日のお客様だ。オープンしたばかりの魔法薬店に風邪薬を買いに来てくれた女性の一人。確かもともと身体の弱かった小さなお子さんが、風邪を長引かせていてなかなか治らないのだと話していた人だ。

少し特殊な状況だったので一般薬ではなくて、セミオーダーで調合したものをお渡ししたのだ。その後調子はどうだろう？　問題なく効いているといいけれど……

「薬屋さん！　ああもう信じられないったらありゃしませんよ。貴女はいったいどんな風邪薬を私にくれたっていうんです？　うちの坊や、風邪をひく前よりずっと元気になってしまって家中が大騒ぎですよ」

ええとこれは、成功ではあるはず。ただし、もしかすると少しだけ効果が強すぎた可能性もあるのかもしれない。

今回のお子さんの場合、ただの風邪というよりは元から身体が弱かった。それで強壮効果のある紫マンドレイクの根をほんの少しだけ使用してある。

これは体力上昇ポーションにも使う材料だし、色々な魔法薬のベースにもなる汎用的な薬草。ちょっとだけ希少なものだけれど、使った量もちょっとだけ。

うちでは土精霊のノームンが力を入れてたくさん生育している品目のひとつだ。

今は胸元のチャームに宿っているノームンさん。いつも助けてくれてありがとうね。

私はチャームを撫でてそんなふうに念じた。

『リーナ、いちいち礼などいらないよ。俺の好きでやっていることだし、そもそも初めに助けられたのは俺のほうなのだから』

ノームンから念話でお返事がくる。

あらあらノームンこそ、いつまでもそんな昔の話を。そんなのは私がまだ小さな子供だった頃の話だ。

そしてこの坊やの件と同じような小さな話。それからずっと一緒にいてくれるノームに、私はお世話になりっぱなしだ。

とにもかくにも、お子さんは元気になったようだし、元気すぎてクレームを貰ったりとか、もっと魔法薬をよこせなんて話にもならなくて一安心。

「それでは、また何かあったら店に寄ってくださいね」

「はいはい、もちろんですよ。値段も良心的だし。近所の連中にも紹介しておきますよ。薬士さんきっと忙しくなるよ？　まっ、若い娘さんだから、まだまだ元気にがんばれますかね。それじゃあ失礼しますよ」

そんな感じで女性は帰っていった。

舟は進む。アセルスハイネの商業区。広場があり、中央には町の守護聖牛の白い像、周囲にはたくさんのお店が軒《のき》を連ねている。

結局この日は他にも何名か、店に来てくださった人達の顔を見ることができた。

肌荒れに悩んでいた貴婦人であったり、回復ポーションを買っていってくれた衛兵のおじさんであったり。お渡しした魔法薬はどれもキチンと役目を果たしてくれたようで、私としてもひと安心だった。

そうそう、町を一周した夕暮れどき。白い小舟に乗って屋敷へと帰る途中のことだった。

ここが近道だとハーナンが言って、入っていった細い水路。

路地のような感じで外からの視界が遮られるような場所。

そこでふと、水の底のほうに、何か大きな生き物が泳いでいる姿が目に入った。

白色、あるいは輝いて銀色にも見える優雅な姿だった。

どことなく、町の数か所に置かれていた石像の姿に似ているような。

ノームンの反応を見る限り、危険な相手ではなさそう。

ハーナンも何かの存在は感じているのか、周囲を警戒している。

私が水面の下に視線を落として眺めていると、白い生き物はスイスイと近くまで上がってきてくれた。それはやはり、どう見ても町の守護聖牛の像に似ていた。

どうやら守護聖牛さんは、今でもこの町の水路に御健在らしい。

「こんにちは、最近引っ越してきた者です。どうぞよろしくお願いします」

私が小さな小さな声で呟くと、白い水棲牛は水の上にひょっこりと顔を出して私の手に触れた。すぐに水中に戻ってスイスイと泳いで、水に溶けるように消えてしまう。

「リーナお嬢様？　今のは……？」

ハーナンにはハッキリと姿は見えなかったようだけれど、朧気《おぼろげ》には感じ取れたらしい。

淡い霞《かすみ》のような聖牛の姿が。

「いやきっと私の見間違いでしょう。流石《さすが》にそんなことはありえませんね。あくまで伝承。もし実在していたとしても、ずっと昔に姿を消した存在なのですから。ただ、伝承では……その姿の尾の先だけでも目にした者には、幸福が訪れるともいわれております。もしや、お嬢様はご覧になりましたか？」

「はい、少しだけ」

「そうですか。それはよかった。何かいいことが起こるかもしれませんね」

そんなふうにして、私は初めてのアセルスハイネ周遊を楽しんだ。


それからしばらくしてのことだった。

メイドの皆さんがしている奇妙な話が、私の耳に入ってきてしまったのは。

『鉄仮面執事ハーナンVSヴァンザ同盟と結婚した男ハイラス』

アセルスハイネの町で近頃聞かれるようになった噂話らしい。

ハーナンとハイラスさんが？　喧嘩《けんか》？　決闘？

身近な二人のことだけに、私は気になってしまった。

それで話を教えてもらおうと聞くのだけれど、なぜだか皆さん、意味ありげな笑みを浮かべてなかなか教えてくれない。何事だろう、何かの陰謀だろうか？

いぶかしむ私に、ついに常識人メイドのエリスが話してくれた。

「リーナ様、あのですね、ご存知ですか？　ハーナンさんて世間では鉄仮面執事とも呼ばれていますけれども、それと同時にアセルスハイネ一の美男で、好人物としても名高いのです」

「あら、そうなのですか。まあ確かにそう言われてもおかしくはないとは思います」

「「「おおお」」」

「そうですかそうですか。リーナ様もそう思われますか」

なぜだろう、屋敷の皆が妙に盛り上がっている。私だけが内容を把握できていないのが気まずいというか気恥ずかしいというか。

苦し紛れに、半分くらいは内容が分かっているような顔をしつつ、どうしたものかと困惑。ただ話の続きを待つのみだった。

「いいですかリーナ様。ただしハーナンさんは、あの無表情ぶりと同じようにかなりの堅物だと認識されているわけです。これまでに浮名のひとつも流したことがなく、そのこともあって、実は人間ではないのではと囁《ささや》かれるほど。伝説の錬金術師が作った精巧なゴーレム人形なのだとまことしやかに言われるほどの変な人です」

まあまあ、それも納得のお話だった。

そこからの話の続きは、また別のメイドが語ってくれる。

「対するハイラス様はですよ、リーナ様」

そう、そうだ。この話は『ハーナンVSハイラスさん』のお話なのだ。

ここでようやくハイラスさんが登場した。

「ハイラス様って、言わずと知れたヴァンザの盟主ですよね。時代を代表するような大人物の一人ですけど、こちらも、これまた女性関係の噂がこれまでに、いっちども流れることがなかったんですっ」

この続きをまた別のメイドが、そしてまた別の、また別のと続き、皆の会話が熱を帯びていく。

「世間では、同盟と結婚した男などとも言われているハイラス様。それほどに仕事以外に興味を持たない男性でした」

「生粋《きっすい》のアセルスハイネ人であるハーナンさんとは違って、この町に滞在するようになってからの日は浅いのですけれど、実はすでにハーナンさんとともにアセルスハイネの男前グランプリにおいて二大巨頭と呼ばれるようになっているのに！　やっぱり相変わらず女の影ひとつない！」

「そんな人物が……ですよ？」

と、ここまできて、なぜだか急に皆の口がピタリと止まる。

止まった空気。そして、室内庭園の水辺にピチョンと水の音が。それを合図にしたかのように、怒涛《どとう》のおしゃべりが始まった。

「そんなヴァンザのハイラス様が、つい最近になって町に越してきたとある令嬢の屋敷へと足しげく通っている姿が目撃され始めたのですから、これはもう、その時点で噂が広まるのは必然です。と思っていると、今度は鉄仮面執事ハーナンさんまでもが、これまた、たいそう珍しいことに女性を連れて楽しそうに町中デートを繰り広げていたという情報が！　しかもどうやらその女性は、ハイラス様と同じお相手！　そんな話が相次いだものだから、さあ大変。鉄仮面執事ハーナンVSヴァンザ同盟と結婚した男ハイラスという噂が町をかけめぐり……って、ああリーナ様っ!!」

いかに世情に疎いとか世間知らずとか言われる私でも、流石《さすが》にここまで聞けば話は分かる。分かってしまった。

そして私は逃げ出した。危険だ。これ以上この場にいてはならないと私の中で警報が鳴っていた。鳴り止まない、警鐘がカンカン、カンカン鳴り止まない。

「ああ～～リーナ様、この続きと真相は、ぜひリーナ様の口からお教えくださいっ。聞き逃げはズルですよ！」

ああもう、私は今色々と考えることがいっぱいなのですから、乱さないでほしいのですが。

かつてこれほどの激しい精神攻撃を受けた試しがあったでしょうか。

顔の上にファイヤバードが乗っているかのような気分になりながら、私は薬草園に逃げ込んだ。

さがせっ、とか、ズルですよっ、とか、皆の声が聞こえなくなるまで私は静かに過ごすことにした。

妙なことになってしまって、お二人に迷惑がかかっているのが気がかりだ。なので、後日それとなく聞いてみると、お二人とも何くわぬ顔で、何も問題ありませんと言うばかりだった。

○伯爵と王立騎士団の悲劇

リーナの過ごすアセルスハイネは、これまでと変わらないどころか、これまでにないほどの明るい時代を迎えていた。そんなとき、別の場所。

リーナの生まれた土地であるナナケル伯爵領。

今でもそこに名目上の実家があり、名目上の両親が住んでいる。

王国の北西部にあり王都にもほど近く、豊かでも貧しくもない場所。

ただしここは、潜在的な危険をはらんでいる土地でもあった。

西方の急峻《きゅうしゅん》な山々、ルンルン山脈の存在。

王国内ではトップクラスの強力な魔物が生息していて、毎年ある時期になると、深い霧にまぎれて下りてくる。

今は亡きリーナの実の両親は、どちらもかつて名高い武人だった。父親は剣を、母親は魔法を使い、領民をよく守った。

いっぽう現ナナケル伯爵であるリーナの義理の父親。彼にも長所があった。

貴族らしく尊大に振る舞う才能と、下民のことなど一切気にしない図太さ、優雅に浪費する能力などが挙げられる。これらは近くにいる者には迷惑なだけだったかもしれないが、本人はそれなりに楽しく暮らしていた。

彼の代になってから、領内の兵士の数は減らされた。浮いた分の金は邸宅の装飾に。あるいは夫人のドレスや、伯爵自身が身につける宝飾品にも多額の予算が消費された。

これらの浪費も全てが無駄だったとは言い切れないし、ある面では必要な経費だったのかもしれない。領民の中にもこの豪華な見てくれに魅了されて、領主様というのは特別な人間なのだと思い込む者達だっていたのだから。

貴族同士の付き合いの中でも、ある程度の身なりは必要とされていたし、やはり偉そうにしている人物を偉い人物だと思い込む人間は少なくなかった。

しかし、そういったものの効果は、領主として真に実力が試されるときには役に立たない。

そして今、対処する能力がないでは許されないときが訪れた。

ルンルン山脈からの霧と魔物の気配が、日に日に濃厚になっていた。

本来なら毎年この時期になる前に、あらかじめ魔物を間引いておくための行軍が行われていたのだが、今年はいつまでたっても実施できずにいた。

原因はカエル。そして伯爵本人。

近年では毎年、王立騎士団による援軍が到着するのを待ってからルンルン山脈へ向かっていたというのに、今年は騎士団が待てど暮らせど現れないのだ。

あれをあてにして、すでに何年も前から領内の兵力は大幅に減らしている。

騎士団には何度催促の使者を送っても言い訳ばかり。いっこうに来る気配がない。

伯爵はつい先日も不良魔法薬を掴まされて酷い目にあった。まったく最近はついていないことばかりだった。

水からは未だに異臭と微妙な毒と毒ガエル。これは伯爵夫人をもたいそう不快にさせた。

夫人はここのところずっと不機嫌で、事あるごとに伯爵に不平不満をまき散らしていた。このことだけでも生き地獄だと思っていたのに、これ以上どうすればよいのやらと伯爵は頭をかく。手には、また湧いた毛虫がいて毒針をやたらと刺していた。

伯爵は、とりあえず考えるのをやめた。いったん問題を放置した。

このまま放置すれば、近いうちにルンルン山脈の魔物の活性化が進み、王都にまで流れてゆくのは明らかだったのにもかかわらず。

すでに大型の緋色人食い鳥《ひいろひとくいちょう》が何羽か近隣の村や町で目撃され始めていたが、それでも伯爵は問題を放置し続けた。悪いのは自分ではないのだからと。

そして案の定、山は例年のとおりの動きをした。

雨の多い季節が盛りを迎え、シーズンも後半に入ったある日。雨後の晴れ間に濃い霧が湧き上がった。

たいていこの霧が現れると、その中には魔物の影が隠れひそんでいるものだ。このあたりの老人達は口々に、霧には近づくなと子供達に教え諭す。

霧はルンルン山脈から王都方面に吹き下ろす生ぬるい湿った風によって、ゆっくりと伯爵領に広がっていった。

町は襲われる。外につながれていた家畜の声が、深い霧に覆われた人里の中で響いていた。

しかしここで……

領民達にとっては幸いなことが起きていた。

この事態が起きるのを随分と前から把握していた人物がいた。

その人物の指揮のもと、あらかじめ準備は成されていて、すでに領民達は安全な場所に避難していた。

むろんそれを指示していたのは伯爵や、国王ではない。

領民達の傍《かたわ》らに居たのは賢者スースと彼の数名の愛弟子。それからリーナの薬草園に住む風の精霊達の姿もそこにはあった。スース以外の誰にも見えはしないのだけれど。

彼らの手によって最低限の安全は確保されていた。

たくさんの領民達が恐怖にさいなまれる一日を過ごしたが、結局はただの一人も死者は出なかった。この時期にしては珍しい乾いた風が吹く。住民にとってそれは、ほとんど奇跡のように思えた。ことが終わって去りゆく者達の姿を、ある老婆は信仰対象のように拝んだほど。

あるいは、消えゆく霧の中に映し出された朧気《おぼろげ》な精霊の姿に手を合わせる者もいた。

そして同時に、人々の胸の中にはまったく違う種類の思いも湧き上がっていた。煮えたぎるような怒りだ。

領主はどうしたのだと。

その日の夕暮れどきに、多くの人々が松明《たいまつ》をかかげて領主の館へと押し寄せた。

賢者スースは、ただ成り行きを見定めるようにこれを傍観《ぼうかん》していた。

スースは穏やかで真面目な人物だった。他者を手助けすることを好む。しかし聖人君子というわけでもない。何もかも全てを穏便に済ませるだけの人物でもなかった。彼はこのときナナケル伯爵本人には手を差し伸べるつもりがまったくなかった。

スースが守るべきだと考えていたのは、王国内に住む普通の領民達である。

それは彼の信条でもあったし、また何よりも初代女王が望んだことでもあった。スースは女王に、民の安寧を守ると誓いを立てていた。彼女への変わらぬ愛とともに。

スースは過去へと思いを馳せる。

今やスースは王国が滅びることを覚悟していた。今の彼の頭の中では、その先の問題について考えが巡らされていた。現王家亡きあと、いったい誰が国を治めるべきなのか。

少なくとも、王国内に巣くう蒙昧《もうまい》な貴族達の手に渡すべきではない。

もちろん貴族の中にも様々な人間はいるが、少なくともナナケル伯爵夫妻のような者達を、スースは必要に思っていなかった。

夫妻と同じような人間は、王国貴族全体にいくらでも存在していた。

このような状況で、仮に今の愚王や王太子に退場してもらったとしても、それだけで全てが解決というわけにはいかないのだろう。その先も似たり寄ったりであっては意味がない。

スースは己の無力さを痛感していた。そして過去へと思いを馳せる。王家の中には、最後までついに希望を託せるような人材を育てることはできなかった。

スースには僅《わず》かに数名、愛弟子と呼べるような魔導士がいたが、それが成果の全てだったと言っても過言ではない。

その弟子達も、ほとんどは王国中枢部からは立ち去ってしまっていた。

王国中枢のあの環境では、いくら能力を発揮して成果を上げようとも、それを正当に評価する者がいなかった。

優れた者を見れば足を引っ張り、妬《ねた》み、あるいは功績を盗み取るような勢力ばかりが幅を利《き》かせていた。

上級貴族の中にもいくらか才能の芽を見つけることはあったが、彼らが育つ過程で、やはり王国の病に冒されてしまうのが常だった。

外部の歴史学者には、こういった状態はもはや国としての寿命なのだと断言された。この世界の歴史から鑑みれば、むしろ一人の英雄が興《おこ》した国で一五〇年もの年月を長らえてきたことのほうが珍しいと。

いずれにせよスースは、自分に課された仕事をやり遂げられたとは思っていなかった。責任の一端を強く感じて長い年月を過ごした。

この老賢者がいよいよ今の愚王の時代に王国の終わりを感じ始めた頃、一人の少女と出会った。

それがリーナだった。

そのあとに弟子の一人が賢者スースに語ったことがあった。己の至らなさに悩んでいたスースに向けての言葉だった。

「あの娘を育ててきたのも、やはりスース様なのですから」

彼女がまだ今よりも少し幼かった頃の出来事だった。

賢者スースはその言葉をきっかけに、リーナにひとつの希望を見出す。できることならばこの者に。

リーナはもともと人前に出るのを好まない性格ではあったが、スースはあえて王国中枢や貴族達から離して彼女を養育した。

ゴブリンとともに過ごせば人をも喰らう。そんな諺《ことわざ》のように、良かれ悪しかれ所属する環境から受ける影響は無視できない。スースはそう考えてリーナを育てたし、あの婚約破棄と追放事件のときにも、事前にそれを知っていながらあえて追放を止めなかった。

賢者スースは密かに期待していたのだ。リーナ・シュッタロゼルという人物ならば、初代女王が残したこの国のあとを任せられるかもしれないと。

それは賢者の密かな野望ともいえた。おそらくリーナはそんなことは望まないのだろうとは知りながらも。彼女は自ら進んで国政の場に立ちたいと願うような人物ではない。スースにはそれもよく分かっていた。

そして今。スースの眼前では蒙昧《もうまい》な貴族の一部が、自らの重みで破滅の道を進んでいた。

ナナケル伯爵の屋敷が燃え落ちる。

怒れる大衆は残虐で恐ろしい。

領地の豊かさに比べて、遥かに贅《ぜい》が極まった館。そのことがいっそう民衆の心も燃え上がらせる。

自慢の宝飾品もドレスも屋敷の飾りも、全ては炎に包まれるか、奪い去られるか。

かつて夜会が連日のように催されていたホールも、今ではただ炎が躍る。

ついに、煤《すす》にまみれ煙で燻《いぶ》された伯爵夫妻が、手に持てるだけの財産をかき集めて屋敷の外に出てきたとき、民衆はそれを待ち構えていた。

いくつもの魔法の光が空に踊った。無数の呪いの術だった。夫妻はまず、地面に磔《はりつけ》にされる呪いを受けた。それから、民衆が知りうる限りの呪術が夫妻を襲った。

彼らの最期は、実にあっけないものだった。そのあとはただ地面の上にうち捨てられ、もはやそれを顧みる者もいなかった。

この事件のあと、ナナケル伯爵領では、しばらく領主不在の状況が続く。

王国内で発生したこういった事件は、何もこの領地だけではなかったから、王国側の対応は遅れに遅れた。


この頃王立騎士団は、とある毒沼でカエル退治に勤《いそ》しんでいた。

王国にはほんの十年足らず前まで、水質を管理する専門の部署があった。

しかし現国王が実施した大規模な治水工事のあと、もう完全に毒沼は無害化できたのだと判断されてしまい、水質管理部門は廃止された。

ちょうど同じ頃から大河アーセルユールの水運の安全を担う仕事も、民間の冒険者達任せになっていった。もちろん、彼らも今となっては王国を去ってしまっているのだが。代わって今は騎士団が暫定的に派遣され、大発生する毒ガエルの駆除や毒沼の隔離、あるいは大河アーセルユールの安全確保にあたっていた。

彼らにはもうひとつ、本来務めるべき仕事があった。この時期恒例になっているルンルン山脈への魔物討伐行軍である。

ある日、王太子セイゼルは空に怪鳥の姿を見たらしい。

緋色人食い鳥と呼ばれる空の魔物で、主な生息地はルンルン山脈。

短絡的な王太子のこと、怪鳥を見てそれまであった他の問題は忘れた。騎士団には山脈に向かうようにと命令が下った。

しかし相変わらず、騎士団は大河の周辺で毒ガエル潰しに勤《いそ》しんでいた。

現状の任務が多忙であるという理由で騎士団は移動を遅らせた。

セイゼルはそんなことは承知のうえで、それでもルンルン山脈に早く行けと言っていた。そのことは騎士団長もよく分かっていた。

分かっていたが、ポイズントードの件で上手く言い逃れ、その命を先送りにした。

どうしても行くわけにはいかない。何せこの頃の騎士団は、ルンルン山脈に発生するような難敵に立ち向かう力が確保できない状態に陥《おちい》っていたのだから。

宮廷魔導院から支給されていた数々の魔法薬が、いっこうに届かない。今後の納入計画すらない。いくらか残されていた在庫分すらも、すでに使用期限が切れて使いものにならなくなっていた。

魔導院は、これまでの納入も全て臨時のものだと告げておいたはずだと言い張る。

「今さら陛下に申し上げられるか？　魔導院に頼らねば我が騎士団はあの山に立ち向かえませんなどと。しかも、王太子殿下が追放した娘、あのような泥かぶりの魔法薬がなくては戦えぬなどと？　我々には今までのような戦い方は無理ですと？　言えるか？　誰が言えるか、このドアホウが」

騎士団長が額に青筋を立てながら、傍《そば》に控える騎士に声を荒らげる。

「団長、だから私は言ったのですよ？　手柄を独り占めしようとせずに、魔導院の爺《じじい》と、その裏にいる小娘の功績も少しは進言しておくべきだって」

「あのときは誰もが我々騎士団の功績を誇っていたではないか。それが今さら？　近隣の国では最強とうたわれているトゥイアの王立騎士団が？」

「んなこと言ったって、そもそもルンルンへの行軍は、昔はうちが担当していたわけでもないのに、魔法薬の効能で調子に乗って、団長が自ら進んで山脈に行くようになったんじゃないですか。今さら取りやめたら、あの地域の連中全滅しますよ？　とくにナナケル伯爵領なんてすっかりウチだよりで、もともとあった対ルンルン山脈用の自領の専門戦力は大削減しちゃってるんですから」

「馬鹿のことなど知ったことか。しかしくそっ、殿下も陛下もめったに軍務に関心を示されることなどないのに、何を今さら空に怪鳥が見えた程度で煩《うるさ》いことを。殿下などはいつもどおり、楽しく宮廷生活と淑女とのお遊びに興じてくださっていればよいのだがな」

「目の前に毒ガエルが現れて、上空に緋色人食い鳥が見えては、さしもの殿下といえども遊興に身が入らないのでしょうよ」

騎士団長の顔色は腹を下したゴブリンのような紫緑になっていた。

傍《かたわ》らにいて話を聞く男のほうは、ただ騎士団長への不満をこぼしていた。

ところで、為政者としてはあまり優秀とはいえない王太子セイゼルについてだが、彼は美男子としてはそれなりに有名で、隣国にも名が知られるほどであった。

その女遊びの軽薄さと派手さについても同様、国内外に知れ渡っていた。

彼自身の性格としても、軍務や国政に汗を流すよりは、煌《きら》びやかな舞踏会の中心にいて、貴婦人達の注目を集めることさえできれば満足するような男である。

それで放り出しがちだった軍務の関係者からはこれまで評判が悪かったかというと、そうでもない。

何せほとんど現場には顔も見せず、全権委任に近い形で下の者達に任せるだけであったから、任されたほうとしても、これ幸いと思うがままに振る舞うことができていたからだ。

もちろんそのせいで、今のように騎士団への命令ひとつまともに通らなくなってもいるのだが。

これまで野放しだった組織を、いざ問題が発生したからといって動かそうとしても、もはや簡単に言うことを聞くものでもない。

しかもつい先日、王太子は騎士団に対して派手に醜態《しゅうたい》を見せつけてしまったばかり。なおのこと騎士団は制御が利《き》きにくい状態にもなっていた。

この状況下でも軍事部門のトップに立つ人物が、国を守る職務に心を燃やすような者であれば問題はなかったかもしれない。

残念なことに現状では、騎士団長の職についている男は、へつらいと世渡り、コネと昇進だけが取り得の者であったようだ。

「とりあえず様子見だ」

「は？　何を言ってるんです？」

「行けるわけがない。今の戦力でルンルンへ行ってみろ。むざむざ死ぬだけだ。ポイズントードとはわけが違う。そしてよく見ろ、今の状況を。下手をすれば今の王政は近々崩壊する。ここで無理して忠義立てする必要がどこにある。今俺達がやるべきは、これから誰が国をとるのかって点に注意を払うだけ。違うか？」

この男は、王太子達に比べればいくらか頭が回ったようだ。ただし、利己的な考えに偏《かたよ》ってはいたけれど。

「流石《さすが》団長。いつもどおりですね。まあ、そもそも団長弱いっすからね。どちらかというと政治屋です、自分の鍛練だって碌《ろく》にしないし」

「お前は喧嘩《けんか》を売っているのか」

「いえいえ、ついていきますよ。今のところは」

こうしてナナケル伯爵のもとへ王立騎士団が到着することはなくなり、あの最後の日を迎えることとなった。

○傾国の花嫁と王

ナナケル伯爵領に異変があったあとのこと。

そしてリーナが、アセルスハイネで比較的控えめな仕事を始めたあとのこと。

衰退の一途をたどるトゥイア王国の中枢で、その頂点に立とうとしている一人の花嫁がいた。

ヴィヴィア姫。その姿はまるで、今まさに崩れ去ろうとしている王城の階段を、勢いよく駆け昇っていくようであったという。

小さな公国の姫として生まれ、いくらか格上のトゥイア王国へ正妃として迎えられる彼女。

つい最近までは順風満帆のように見えていた人生。しかしここにきて、気がつけば彼女の計画は大きく狂ってしまっていた。

一五〇年続いてきた王国、それなりの栄華を誇っていたトゥイア王国が、自分が嫁《とつ》ぐときになってこれほど力を弱めるとは。とても信じられないことだった。

民は一人また一人と国を去りゆき、国土には毒が広がり、国庫は目に見えて中身を減らし、領地持ちの貴族達の数名は断末魔のうめき声を響かせていた。

アセルスハイネのような半独立都市のいくつかは賑《にぎ》わいを見せていたが、それはむしろヴィヴィアの心を暗くした。

しかし、今さらになって引き返すことができるだろうか？　ヴィヴィアは考える。

無理を通せば、婚約の解消もできなくはない。だがしかし、それは彼女のプライドが許さなかった。敗北は認められない。おめおめと失敗をさらして公国へ帰る？

そんなまねをすれば、あの意地の悪い姉にどれだけ嘲笑《ちょうしょう》されるか分かったものではない。

彼女はほんの少し前の出来事を思い出す。

王国成立一五〇年を祝うパーティーの席、あのとき、自分は確かに華やかさの頂点にいた。邪魔者である泥かぶりのリーナは追い落とし、バケモノの汚名を着せ、婚約破棄のうえ追放処分にまで追い込んだ。

それに比べて自分のもとには、次から次へと王侯貴族のお歴々が集まり、笑いかけ、こびへつらっていたのだ。再びあの光景を。己の手に栄華も栄誉も名声も。

なあに今の状況とて、考えようによってはチャンスでもあるではないか。すでに現国王にも王太子セイゼルにも求心力はまるでないのだ。こいつらを追い落としたところで、あるいは上手く亡き者にしたところで、それをとがめる者などいないに違いない。

そもそも今のこの国の現状は、ひとえにあの馬鹿親子の無能が引き起こしたもの。ヴィヴィアが自分自身で実権を握り国を立て直せば、十分に挽回《ばんかい》できるに違いない。

ヴィヴィア姫本人はそのように考えていた。

彼女は決意した。

そして式は執り行われる。王宮はヴィヴィアの指示のもとで華やかに飾られていった。残り少ない国庫をひっくり返しながら。

この規模の国の王太子と一国の姫の挙式なのだから、いくら金がないとはいっても当然ある程度の格式は保たねばならない。たとえ何がどうなろうとも。

挙式の当日。国内からの列席者は膨大だった。何せ、色々な理由をつけて出席をしぶる貴族連中に対しては、ヴィヴィアが直筆で死罪をほのめかす手紙を送り付けたのだから。こうなれば出席しない選択を選べる者はいなかった。

そのいっぽうで、他国から訪れる賓客の姿はまばらだった。

国外の者の目から見れば、今のトゥイア王国と懇意にしても何もよいことなどなさそうだった。むしろその反対側にいるヴァンザ同盟の姿が不気味でならなかった。

こういった状況はヴィヴィアもある程度は予測をしていたのだが、しかしまさか、自分の実家からすら人がほとんど来ないとは思わなかっただろう。これには彼女も唖然《あぜん》とした。

実家であるアルシュタット公国からも、姉の嫁《とつ》ぎ先からも、彼女の縁者は誰一人として来なかったのだ。

それぞれから送ってきたのは使いの者を僅《わず》かに数名だけ。実家から持ち込まれた持参金にしても、当初の予定の十分の一にも満たない金額だった。

式当日。彼女が血眼になって用意させた花嫁衣裳だけは、どこまでも煌《きら》びやかに光っていた。

現国王も、花婿である王太子も、すでに瞳から覇気は消え、失意の底に沈んだ目で虚空を見つめる。

何かが上手くいっていない。自分達はこれからどうなるのかという漠然とした不安だけが、彼らの胸に重く伸し掛かっていた。

女の瞳は、野心の炎だけを燃やし続けていた。

虚飾と沈鬱《ちんうつ》の中。この日ヴィヴィアは、正式にトゥイア王国の花嫁になった。

数日後の王の執務室にて。

二人の男が話をしていた。

一人は国王。その眼前にいるのは、近頃宰相になったばかりの男。

前任の宰相は処刑された。王命によって。

罪状は国務の怠慢。事前に予測できたあらゆる問題をないがしろにし、適切な対応をとらなかったことを罪に問われ拘束された。翌日には処刑が実行された。

新任の宰相はまだ若いが切れ者と名高い人物で、国王セイザーグの遠縁にもあたる男だった。

彼は長い間国の外にいたから、この国の王達からの手ひどい洗礼を受けた経験もなかった。

それゆえ今も国王に対して、まっすぐな正論で語りかけているのだが、もちろんその言葉は王の耳には届かない。

今も人員の不足を決死の覚悟で訴えていたのだが、王は虚ろな目でそれを聞き、口汚い罵《ののし》りを返事としていた。

「この馬鹿めが。魔導士がいくらかいなくなったとて、それがどうした？　必要ならば金を出して雇ってこい。それでも集まらぬというのなら、首に縄をつけて無理やりにでも引っ張ってくるのだ。それが貴様の仕事だろう」

「恐れながら！　いえ……なんでもございません。なんとか集めてまいりましょう。ただ、お時間をいただきたく」

「とろい、すぐに集めろ。縄をつけて引っ張ってくるだけの仕事にどれほどの時間が必要だというのか。切れ者との評判は所詮噂でしかなかったか。もう行ってよい。ワシの耳にこれ以上不快な話を持ち込むな。心労をかけてくれるな」

「………」

「言っておくが、各物資の納入は貴様の首に代えても予定期日どおりに間に合わせるのだぞ？　いくら人が少なかろうと、ならば残った者にその分の仕事をさせよ。やつらはどうせ放っておけば怠けるのだ。厳しく監視をし、必要に応じて懲罰《ちょうばつ》を科せば、まだまだ十分に働けるだろう」

「陛下。恐れながら、すでに……い、いえなんでもございません。全てそのようにいたします」

新任の宰相はどうやら確かに賢い人物ではあったようだ。彼はこのあとすぐに荷物をまとめて、親族とどこかに姿をくらました。

結局この王都での物資不足もそのまま続いていくことになる。

大河アーセルユールを南北に抜けて商《あきな》いをしていた商人達が姿を見せなくなったのだから、塩にしろ葡萄《ぶどう》酒にしろ、入荷が滞《とどこお》って当たり前。

人口減少にもすっかり歯止めが掛からなくなっている。滅びゆく王国から脱出しようと試みる者は多い。

ただそれでも、未だに移住できていない人々も存在する。それは例えば農民達だ。

商人も冒険者も魔導士達も、他所の土地へ移っても仕事は探せる。しかし農民は、まず使える土地がなくては移住はできない。

厳しい税に苦しもうが、どんな愚王が統治者だろうが。

国境や街道ではそれなりに役人や警備兵もいるのだから、力なき者達もやはり出ていくのは簡単ではない。老人や傷病人、移動できない人々がいる。

近頃の賢者スースは、ひたすらにこういった者達のもとを回って歩いていた。食料や清潔な水、日常の手助けに移住の手助け。ときには外部からの手も借りながら。

魔導院の塔にいることも少なくなり、多くの時間を外で過ごすようになっていた。

もちろんこのような行為を王は望んではいない。

今の行動のほとんどは、国王にも王太子にも明かさずに勝手にやっている。

彼には僅《わず》かに数名だけ愛弟子と呼べる者がいて、今日もともに王国の民の間を歩いていた。

「おぬしらはそろそろ休んでおれ。ワシはちょいと、もうひとつ隣の集落まで見てくるわい」

「スース様？　お身体は大丈夫ですか？　我々はもう魔力も尽きてるというのに」

「ふぉっふぉっふぉ、まだまだ若造には負けぬわい。ワシ、賢者じゃぞ？　ふぉっふぉ」

そんな調子で彼は動き回っていた。

あちこちへ訪問している間に、随分と遠くまで来たようだ。このあたりまで来ると、王都も遥か遠くに感じられる。

ふと、アセルスハイネに行ったリーナのことも気がかりになってくる。

むろんあの娘のことなら心配はいらないのだろうが、幼い頃から見てきたのだ。離れて暮らせば心配のひとつくらいはする。

賢者はそんなことを思いながら、離れた集落に足を延ばした。

そこで、懐かしい魔力の気配を感じた。

「スース様、スース様」

「なんと？　リーナか？」

ここは王都から離れているが、リーナがいるはずのアセルスハイネから見ても、さらに遥かに遠い。そんな場所でのことだった。

これ以前にもスースはリーナと連絡をとってはいたが、こうして直接顔を見るのは随分と久しぶりだ。

「ルンルンの麓《ふもと》では世話になったな。リーナが送ってくれた風の精霊達は魔物の潜《ひそ》む霧をよく晴らしてくれた」

ルンルン山脈での一件。あのときの彼女は自然と事態を察知して手助けを送っていた。

それからもリーナは考えていた、きっとスースが老体に鞭《むち》を打って無理な仕事をしているだろうと。この頃彼女は王都から遠い地域を選んで、スースと同じような活動を始めていた。

「スース様、もうお年なのですから無理は禁物ですよ。私もやりますので」

「ふぉっふぉ、リーナにはかなわんな」

スースにとってこれは喜びだった。しかし同時に彼女の身の安全を心配した。

精霊ノームン達も行動をともにしていたから、めったなことでは危険はないとは分かっていたが。

それでもスースは、残りの仕事は自分がやるからとリーナを帰そうとする。彼女が王国のために働く必要などもうない、自分の新しい道を生きるのだと言って。

彼女は答えた。王国政府に加勢する気はないけれど、困窮する人達は気になるし、そして何よりスースの手助けはしたいのだと。

きっと一人でも無理してあちこち回っているのだろうから、そんなスースを放っておけはしないと。

結局その集落では、スースとリーナは久しぶりに一緒になって仕事をした。

二人とも素性を隠して行動していたから、ただ謎の魔導士と薬士が来て、姿の見えない精霊らしきものと一緒になって支援してくれたという記憶だけが、この集落の人々の記憶に残った。

他にもいくつかの村や集落を回ったあと、二人は別れた。

帰り道、スースは使い魔の黒猫と語る。

「元気そうだったのう」

「そうですねぇ。ちょっと寂しいでしょスース様」

「まあのぅ。しかしこれだけの手土産《てみやげ》も貰ったわけだし、こちらもとっとと帰って続きを進めようかの」

「手土産《てみやげ》って言えますかね？　これって。手の中にはとても収まりませんけど」

日も暮れ始めてきた頃の荒れ地。彼らの前にはリーナがやたらめったら残していった魔法薬や素材が整然と積まれていた。

幾種類かの魔力回復薬がそれぞれ数百本。傷薬も各等級がそれぞれ数百。毒消し薬にポイズントードの駆除剤。

スースが使い魔を使役するために消費する魔素結晶体の、火、水、風、土、光、闇、雷、氷、八種がそれぞれが詰められた木箱。保存食に精霊印の保存水。その他諸々の生活に必要な道具。

その中に特別なアイテムは多くなかったが、今困っている民に必要なものはよく揃っていた。

リーナ自身がどうやってこれほどの物資を運んだのかも気にはなったが、これからこれを、王国政府の見えないところで民に直接渡さねばならないという問題のほうが重要だった。

見つかれば、まず間違いなく取り上げられてしまう。

スースは苦心しながらも弟子達を集めて、結局これを上手く隠し、運用した。

活動は続けられ、その間も賢者スースは、リーナやヴァンザ同盟のハイラスとも協力して、場合によっては農民達も他所の土地へと避難させていくようにもなる。

こうして賢者スースが陰ながら王国内で奔走《ほんそう》していたある日のことだった。

いつものようにすっかり夜も更けてから闇にまぎれて、ひっそりとした王都に戻ってくると、スースは宮殿の様子がおかしいことに気づかされた。

どうやら国王陛下が原因不明の病状で倒れ、生気を失いながら苦しんでいるらしい。

スースはゆっくりとうなずき、王のもとへと参じる。

トゥイアの国王セイザーグが重篤《じゅうとく》な病で倒れた。激烈な痛みにのたうち回り、手の施しようもない。この知らせは多くの貴族にとっても国民にとっても、むしろ喜びをもって迎えられる。

それもそうだろう。

今や王国の中にはかつての繁栄も輝きもなく、富も人も失せてしまったと、誰もが感じていたのだから。

この状態を引き起こした張本人が消え失せてくれる。もはや多くの者は表面的な取り繕いすらしない。王国中がこの知らせを歓待した。

ただ一人、賢者スースだけは例外だった。この老人だけが、心中に複雑きわまりない思いを秘めて知らせを聞いた。

悲しむわけではない。助けたいと願うわけでもない。しかし、自分がこの王を見殺しにせねばならないことに、表現しようのない感情を抱いていた。

賢者は、今から百三十三年前に密やかに愛し合った女王を想う。あのひとと交わした約束を想う。

今病床で苦しむ王の姿を見つめる。

愚かなことだろうか？　この城のどこかに、彼女の子孫の中に、あのひとの姿を見てしまうのは。

かつて建国の女王は、己の築いたトゥイアの国が傾いたときのことを、若き賢者とよく語り合った。

もしも賢者スースが王国の落日までトゥイアにいたのならば、最期を見届け、民に迷惑をかけぬように力を貸してほしいと語っていた。

初代女王は、ことさら清廉《せいれん》な人物だった。

彼女は長命で、トゥイアの国を興《おこ》したのはすでに長い年月を生きたあとだった。

賢者スースが彼女と出会ったのはこの頃だったが、彼女はそれ以前にすでに結ばれていた相手がいて、子供にも恵まれていた。ただし平凡な人物であったこの夫は、王国が興《おこ》る前にはすでに亡くなっていたのだが。

夫が没したのちに、彼女は人生の最後の仕事として国を興《おこ》し女王となった。普通の人間で考えればかなりの高齢だったが、女王はそのときまだ魔力と生命力に溢れていたし、成熟した大人の色気と美貌も携えていた。

英雄クラスの人物は高い魔力の影響で長命になりやすい。老化速度も遅い。エルフなどの魔法に長《た》けた種族が長命なのも、これと同じことだ。

トゥイアの国で女王と賢者は出会った。互いに特別な能力を持っていたということもあったし、生真面目な性格がよく似ていたというのもある。

結局二人は多くの時間を必要とせずに、恋に落ちた。

ただし、二人の性格を反映して、それはあまりにも密やかな恋だったのだが。

女王にはすでに跡継ぎとなる子供達がいたし、不用意にお家騒動の原因となるような行為をするべきではないと二人は考えていた。

女王はいつまでも美しくあった。

ただ彼女の魔力は元来、武力に特化したもので、外側に向けて激しく発動する性質もあったせいだろうか。高い魔力を持つ人間にしては短命で亡くなってしまう。彼女は王国の基盤整備を半ばにして急死した。

最後に高潔な女王が後世に望んだのが、子孫に愚かな為政者が生まれてしまったときにも、王家によって民を苦しめることがないようにという願いだった。場合によっては、王家も国も存続させないようにとすら語り、願った。

今でも、最後に女王がしたためたその遺言が二枚、玉座の間の中央と、賢者の塔の最上階に残されている。

それはただの理想論ではなく、彼女のそれまでの行動から考えても、真に望んだことだと誰にも伝わっていた。

時の流れは残酷に過ぎ去る。

初代の残した子孫の一人、現国王セイザーグは国を大きく傾け、民に苦役を強い、そして自身も倒れた。

賢者スースは王の病状を診断する。一目見て呪いによるものだと分かった。おそらくはヴィヴィア一派が仕掛けた術だとも判別できた。

この頃スースは、すでに国王の護衛に十分な時間をかけることができなくなっていた。

それよりも民が疲弊《ひへい》しないようにと動いていたからだ。

スースはもはや王家の存続は望んではいなかったし、早く終わらせてやらねばとも考えていた。

ただ、スースは自らの手で王の処分をしようとまでは決断できずにここまできていた。

やはりこの王家も王国も……どこまでも、あのひとの残した形見だった。

スースはこれまで確かに王国運営に力を尽くしてきた。

しかし、世間では賢者などと呼ばれていても、できぬことも多く、思うようにならないことばかりだという思いが、彼の胸の中には込み上げていた。

建国の女王以降、不運にも彼女の能力を受け継ぐような人物は王家の中に現れなかった。

にもかかわらず一五〇年の間王国が存続できたのには、やはり賢者スースの力もあったのだ。が、生来の生真面目さは時として残酷な結果も生んでしまう。

愚王の首をとる決断をしようと何度考えたか分からない。

あるいは政略をもって体制を壊すことも考えた。しかしスースにはこのときまでそれができなかった。

甘かったのだという誹《そし》りを受けるのならば、それはそのとおりなのだろう。

今になってついに、他所の国から来た姫ヴィヴィアが凶行を遂行した。国王セイザーグを呪い殺すのに成功する。

王の病状は見る間に悪化する。

ヴィヴィアはこれまでにも何度となく多種多様な暗殺と呪いを試みてきたが、最後に掛けたその呪いは悲劇的に凄絶だった。

けっして高度な魔術ではなかったが、こと、この王に対しては苛烈な効果をもたらした。

この呪いにはひとつの特殊性があった。それは、強い恨みを受けている者ほど高い効果を示すという特性。

術を受けた者は、その時点で他者から向けられている恨みの全てを心と体と魂魄《こんぱく》に取り込むこととなる。怨念の全てが形になって肉体と精神を襲い、蝕《むしば》むように効果を発する。そんな呪いの術だった。

術は、対象者の命をすぐには奪わない。

むしろ受けている恨みが多ければ多いほど、強ければ強いほど、簡単に死ぬことはできない。国王セイザーグの肉体はすでに半不死化し、朽《く》ちながら生き、呪いが終焉《しゅうえん》を迎えるときまで滅びることがない。

こうして王が倒れたあと、初めはまだ病状を見舞おうとする者がいくらかはいた。

しかし一目でも国王のそのありさまを目にするや、もはや直視することはできずに部屋を出て、焼き付いた光景をぬぐい去るように早足で逃げ帰った。

二度と病室に戻ってくる者などいない。むろん王太子も例外ではなかった。

王は気絶するでもなく、正気でいるでもなく、ときおり虚空を引き裂くように手を伸ばしては、落ち窪《くぼ》んだ目をギラギラと見開いて彼方を見つめていた。

この王の最期の瞬間に、傍《かたわ》らにいたのは老賢者ただ一人だった。

せめてこの王の最期に、その隣に。慈悲なのか執着なのか狂気なのか。

王は苦しみぬいた。全ての恨みを心身の隅々にまで受けながら。

トゥイアの第四代国王セイザーグは、こうして老賢者の手に包まれて崩御した。


国王セイザーグが没した夜は、城にも都にも、奇妙な静けさが広がっていた。

静寂の中、三人組の男が、顔を紅潮《こうちょう》させてとある部屋に飛び込んだ。

部屋の中には王太子妃ヴィヴィア。間もなく正式な手続きも済み王妃となる予定の彼女は、薄暗い部屋の中、僅《わず》かなランプの明かりの下で魔導書を読んでいた。

三人組の先頭に立って部屋に入ってきた男が口を開く。

「ヴィヴィア様やりました。ついにあの愚王を打倒したのです。これで我が国は救われます。これまで冷遇されてきた我がヘイスティル家も、以後はヴィヴィア様のもと、王国の中枢で実務に力を振るう。折を見て王太子セイゼルも打ち倒し、いよいよ新たな時代の幕が開けましょう」

男は一息で言い終える。あとはただハァハァと荒い息使いだけが聞こえていた。

この男はヘイスティルという家に生まれた貴族の一人で、王国貴族の中ではそれなりかった。

の血筋だ。名をワイズベルという。

男の前で佇《たたず》むヴィヴィア。彼女は国王暗殺を企みはしたが、自分の手を直接は汚さなかった。

暗殺などというリスクが高い行為は、誰か他の者にやらせるほうがいいに決まっている。ヴィヴィアはそう考えていた。

それに、他者を上手く使って悪事を行わせるという行為そのものが、彼女の心に至上の喜びをもたらしてくれさえする。

ちょうど都合よくあの愚王は大量に恨みを買っていたから、暗殺実行の希望者を探すのは難しくなかった。

あとはその中の誰かに適当な話を吹き込んで後押しをしてやればいいだけだった。

彼女は暗殺に役立ちそうな魔法や毒薬の扱いに才ある人物を選び、近づき、言いくるめた。

あのような愚王を誅殺《ちゅうさつ》するためならば、たとえ暗殺という手段をとろうとも誰もが称賛する英雄的行為になるのだとかと言って。

あるいは、それを実行した英雄こそが次の王になる器だとか。神の啓示だとか、偉大な宿命だとか、とにかく適当なことを並べて、それでまんまと動いてしまったのがこ男だった。

　ワイズベルは頭の足りない割には大きな口を叩く人物で、愚王暗殺という破滅的英雄行為を率先してやりたがるような人間だった。

　彼も出会っていたのがヴィヴィアという女でさえなかったら、やり方を間違えさえしなければ、真に英雄となる可能性もあったのかもしれないが。

　今、暗い部屋に僅《わず》かな明かりが揺らめいている。

　ヴィヴィアはワイズベルに、一瞥《いちべつ》をくれて答えた。

「何をなさったと？　もう一度、はっきりとお聞かせ願えますか？　ワイズベル様は何を成し遂げたと？」

「はい、私は宣言しましょう。ついに成し遂げたのです。私はあの愚王を滅ぼしたのです」

「………ああ、あああっ！　これは、これは……なんと恐ろしいことを。まさか、まさか貴方が国王陛下を？　その手で陛下を暗殺なさったとおっしゃるのですか？　恐ろしい、恐ろしい。そして今、その事実を知った私までも手にかけると？　そう言うのですねっ。誰かっ！　誰かぁっ!!」

　まったく酷い芝居だったが、この場ではそれで十分だった。

　とにかくワイズベルが自ら国王暗殺を宣言してさえくれれば、あとのことは問題ではなかった。

薄暗い部屋の陰に隠れていたヴィヴィア直属の警備兵が、ワイズベルを切り殺した。もちろんともにいた二人の男も一緒に。

ヴィヴィアは無感情な目で三つの亡骸《なきがら》を見下ろす。彼女は思う、まったく馬鹿な男だと。国王を暗殺した者が賛美されるなど、いくら国がこの状況でもありえるものかと。どうしたって犯人追及の声は上がる。

毎日のように足の引っ張り合いに明け暮れて、誰か落ち目の者がいれば叩き落として自分達が取って代わろうとばかり考えているトゥイア王国の中央貴族が、暗殺のような汚れ仕事を実行した犯罪者を歓迎するわけもない。

余計な隙を見せれば引きずり落とされるに決まっている。

たとえ正義感からの行動だったとしても、もし暗殺をするのならば、必ず誰にも悟られないように注意を払うべきだ。

他所の国から来た女と共謀するようでは話にならない。

そんなことを考えながら、ヴィヴィアは口角をやんわりと吊り上げていた。

ワイズベルが暗殺を自供した声は、音を封じる魔導具を使って確保してある。これは動かぬ証拠になるだろう。

それに賢者スースほどの力を持った者ならば、呪いを掛けた者が誰なのかも突き止められる。

老賢者はすでにヴィヴィアを疑っているだろうが、それでも呪いの痕跡による証拠は、犯人がワイズベルだと告げるのだ。

ヴィヴィア自身がどれほど疑われたとて、それがなんだと言うのか。犯人はこうしてすでに死んだのだ。このときのヴィヴィアは、そんなふうに考えていた。

今の彼女は己の謀略が上手くいったことにたとえようのない喜びを感じ、身震いすらしていた。高笑いのひとつでも上げたい気分だったが、こらえてすぐに指示を出した。

国王暗殺の犯人に自分も襲われて、返り討ちにしたのだという報告と声明を、王都中にばらまくように指示を出した。

次期国王セイゼルや宰相、その他の重要人物にはとくに速やかに伝えるようにと。

仕事を終えたヴィヴィアは、ヘナヘナとした雰囲気を演出しながらその場にしゃがみ込む。皆が来るのをじっと待つ。

次期王妃ヴィヴィア。彼女は悪辣《あくらつ》な企ての手腕だけには長《た》けていた。ただし先々まで見越した深謀遠慮《しんぼうえんりょ》とまではいかなかったのが難点ではあったし、先々の結果よりも謀略そのものに喜びを見出してしまうのが悪癖でもあった。

ただとにかく彼女には躊躇《ちゅうちょ》とか後悔、自責の念などというものがまるでなかったから、こういった仕事には才能があった。

誰を傷つけようと貶《おとし》めようと気にもならない。むしろ喜びすら感じた。衆人の前で偽証をしてもたじろがないし、ほんの一瞬でも目が泳ぐようなこともない。

国王暗殺を成し遂げた夜も、狼狽《ろうばい》も興奮もすることなく、ベッドで安らかに寝息をたてた。

○竜の素材、入荷しました

何かと慌ただしい日々が続いていたけれど、私のもとにひとつ朗報が飛び込んできた。冒険者達を乗せたあの船が、旅を終えてアセルスハイネの港に帰還してくるというのだ。

西方に広がる未開領域には未知の魔物がひしめいていると聞く。無事だろうか。私が提供した薬草は、問題なく効力を発揮しただろうか。

季節は水から風に変わっていた。風の季節は未開領域からの西風がよく吹きつけるから、帰りの船は行きよりもずっと船足が速いだろう。

王国の領地内ではルンルン山脈から一足早く風が訪れている。今年も山からは魔物達が活発に下りてきていたようだ。

我が家の庭に棲《す》む風の精霊シルフ達は、少し前にルンルンに出かけてからまだ戻ってこない。

スース様のお手伝いをしてもらうために行ってくれた彼ら。まだ山からの霧は続いているからと、引き続き付近を見て回っているようだ。

あの山の魔物は霧や風とともに動くから、風を司《つかさど》るシルフは何かと相性がいい。きっと疲れて帰ってくるだろうから、新鮮な風の結晶石をたくさん練成して待っていよう。

さて、そんなシルフ達よりも一足先に帰還したのが冒険者達の船。

港は大仕事を終えた冒険者達を出迎えるために賑《にぎ》わっている。そして多くの人が注目する中で、一隻の大型ガレー船が入港してくる。

船は大型なうえに、魔導炉までも搭載した最新のものだから、子供達なんかはその姿を見るだけで興奮して頬を上気させている。

帰還した船には生々しい戦闘と冒険の痕跡が見えた。酷く損傷している箇所もあって、よくあれで水の上に浮いているものだとすら思えた。

冒険者達は下りてきた。待ちわびた人々の歓待の声。その船倉には未開領域で手に入れた未知の新素材や、こちらでは手に入らないような竜の素材を満載していた。

冒険者達の帰還の知らせを受けて、その日のうちに北の空から飛竜に乗った竜大公閣下がお見えになった。

閣下の期待はいい意味で裏切られたようで、ご所望のドラゴン素材は想定以上。選《よ》り取《ど》り見取《みど》りだった。

大公は飛竜で港へ直行したあと、帰りにはこちらの屋敷にもお見えになって、散々はしゃいでいかれた。

竜の牙や爪、鱗《うろこ》などなど、その場に広げて嬉しそうに語っておられた。

大公閣下は自らも未開領域へ旅立ちたいなどとおっしゃっていたけれど、もちろん傍《そば》にいた家臣の方々は断固反対の姿勢。

もし一度冒険の旅に出ていってしまったら、いつ帰ってくるのか分かったものではないからしい。大公閣下の計画では私も冒険のメンバーに含まれている様子だったけれど、計画が実行される日は遠そうだった。

今日は飛竜に積めるだけの品を積んでお帰りになる。載せきれないような大型素材などは船便で北の地へと届けられるという。

　さて、閣下は今回の冒険旅行の重要な出資者の一人でもあったから、優先的に品物を選んでいかれたけれど、そのあともまだまだ港には山のような戦利品が積まれている。量もさることながら質も特別。見たこともない未知の品々も多く含んでいたから、ハイラスさんにも取り扱いが大変なようだ。

　その日の夜遅くに一段落ついたようで、帰り際に顔を見せてくれた。

　私はお疲れ様ですと声をかけようとしたけれど、どうやら彼の仕事はまだ続いていたらしい。お客様を後ろに連れている。

「実は冒険者達の代表者が来ていまして、ぜひ一度リーナ様にご挨拶をしたいと言っているのですが」

　彼の後ろには数名、身なりの整った冒険者の方々がお越しになっていた。

　なんでも、今回の冒険の中では死にかけた人もいたのだとか。

　もともとが危険な職業だとはいっても、今回の仕事は稀《まれ》に見る苛烈さだったらしい。九死に一生を得るような経験を、もう何度となく味わいながらも今日の日を迎えたのだと、熱っぽく語っていらした。

　私の魔法薬も、そんな中で少しはお役に立てたようだ。代表の方は魔法薬や薬草を提供してくれたお礼だと言って、未開領域で手に入れたという永久氷結結晶の花を私にくださった。

このまま常温に置いておいても溶けることのない氷の花なのだそうだけれど、私は念のために氷の精霊に管理をお願いしておくことに。氷の精霊達ですら喜んでいたから、きっと相当に貴重な品なのだろう。

もう夜も更けてきたけれど、港のほうではまだ明かりが煌々《こうこう》と輝き、人々の賑《にぎ》わいがここまで聞こえてくるようだった。

そして私の住む屋敷も、今日はまだ眠りにつけないらしい。

あらかじめ帰還の噂を聞きつけていたのかなんなのか、今日は、かの偉大な魔法衣作家までもがこの町を訪れたのだ。

いつの間にか姿が見えなくなっていたハイラスさんが、今度は魔法衣の巨匠フィニエラ・デルビン氏を連れて帰ってきた。

まるでお祭りのような夜に、この屋敷を訪れてきた偉大な魔法衣作家。

彼も船に積まれた新素材が目的でこの町に来ているのかと思いきや、どうもそうではなく、例の刺繍《ししゅう》糸が目的らしい。

以前にハイラスさんが言っていた特別な刺繍《ししゅう》糸。私のほうであの糸を作れそうだという連絡はきちんと届けられていたようだ。

糸には火と水という相反する魔法属性を結びつける効果が必要で、そのうえ色の指定までもが厳しいという逸品だった。

「驚きましたね。糸ができそうだという話を聞いてアセルスハイネにまで来てみれば、これほど大規模な新素材の販売会まで同時開催中だとは、ええ、ええ驚きましたね、実に実に」

デルビンさんはそんなことを言いながらホクホク顔。すでに港を歩いている間に目ぼしい素材に目をつけて、お弟子さんや従者の方々に買い付けに走らせている。

「とはいえ、今回の私の一番の目的はこちらですよ。そ、刺繍《ししゅう》糸。私はどうも思い立ったらいても立ってもいられなくなってしまう性分でしてね。それではさっそく現物を見せていただいてもよろしいですかな、お嬢様」

デルビンさんはそう言ってから、ゆっくりと大きく右腕を広げた。ひとつひとつが芝居じみた大仰な動作、昂ぶった声色。

お酒を飲んでこられたのかなとも思ったけれど、もしかすると噂どおり少し変な人物というだけなのかもしれない。

ともかく私は特注の刺繍《ししゅう》糸の材料になるものを取り出してきて、彼に見せる。

まず最も重要な素材は「ナイアードの水」だろう。これは縁があって巨大湖アドリエルルに棲《す》む精霊から物々交換でいただいたものだ。

ひと通りの説明をすると、デルビンさんの気分はますます燃え上がった様子。

すぐに糸の製作を始めてほしいと頼まれてしまう。

今すぐ欲しいと、今、これからすぐに作ってほしいと言うのだ。

流石《さすが》に今からでは朝までやっても完成しない。そもそもベースになる糸だってこの場にはない。

デルビンさんは両手を天に掲げて、絶望的に泣き出しそうな顔をしてみせたけれど、そのあとは意外にもすぐに納得してハイラスさんとともに今日の宿へと帰っていった。

本当に変わった御仁らしい。ハイラスさんは帰り際に苦笑いをしながら、こちらに会《え》釈《しゃく》をして、ご迷惑をおかけしましたと言っていた。

聞くところによると、どうやらそのあともハイラスさんはデルビンさんに付き合わされて、未開領域からの新素材を検分していたらしい。

翌朝になってまた顔を出した二人。まだまだ元気そうだったけれど、御付きの人達は疲労困憊そのもの。

なんだかかわいそうだったので特製の体力回復薬を差し入れしてみる。と、皆その場で飲み干してしまった。

彼らのほとんどは選ばれし上級の使用人だから、普段は簡単に疲労感をあらわにしたりしないし、体力も常人離れしているはずの人々なのだけれど。きっと二人の熱量にあてられたのだろう。

さて、そしてあっという間に夕方になる。日が傾く頃になって私はようやく特注の刺《し》繍《しゅう》糸を完成させた。ほとんど一日かかっての完成だった。

今回ベースにした糸は、入荷したばかりの未開領域産のもの。

「アルラウネ・ホワイトワーム」と名づけられた昆虫が吐き出す素材で、これはハイラスさん&デルビンさんが朝になってから持ち込んできた。純白で強靭《きょうじん》な糸だ。

まずはこの糸に、強力な火属性を持つ「紅炎マムシグサの実」と「サラマンダーの尻尾」を使って作成した属性付与の魔法粉を作用させて、錬金術用の魔導炉に入れて定着させる。

ただしここで濃いピンク色がついてしまうので、今度はこれをギリギリまで漂白する。

結局技術的に一番難しかったのはここだったのかもしれない。

火のエンチャント効果が弱まらない程度に色だけ抜くなんていうのは、安定したやり方があるものではない。

感覚と運だよりの方法でやるしかなく、この時点で成功率は十パーセントくらいとなる。

こうして余分なピンク色を抜いた糸を、次の工程で指定どおりの薄紫色に染め上げる。

今回の色は「星降りのラベンダー」を使って染めた。

他にも候補はあったけれど、魔法的な特性の相性と、デルビンさんの色の指定によって結局はこれが使われた。

ここまでくればほぼ完成。最後に希少材料「ナイアードの水」を振りかけて水属性を付与したら完成だ。

ほぼ一日かかって僅《わず》かな量しかできなかった。それでもかなり大急ぎで作れたほうだと思う。

こうして仕上がった刺繡《ししゅう》糸は、無事にデルビンさんのお眼鏡にも適《かな》ったようだ。

彼はまるで少年のように大喜びして受け取り、猛烈な勢いで船に乗り、自分の工房へと帰っていった。

最後に一言、この礼に自分のできるどんなことでもしようとだけ言い残して。もちろん普通に代金もお支払いにはなったうえでのことだ。

お礼か。それも、どんなことでも⁉　さてどうしたものか。普通に考えたらフィニエラ工房の魔法衣をいただくのがよさそうに思うけれど、私が着るのも分不相応というか、着ていく場所がないというか。

あれは王侯貴族の社交界の中でも、最上級のパーティーや儀式に着ていくような魔法衣なのだ。

例えばあの刺繍糸《ししゅう》にしても、大神殿で法王様が儀式用に着用される魔法衣に使われるものだそうだ。

私が出かけるのなんてせいぜい町への散歩程度。

フィニエラ工房の魔法衣を着てお散歩に行くなんて絶対変だろうし。

悩んでいると、ハイラスさんが声をかけてきた。今はとりあえず約束はとっておいて、必要になったときにお願いすればいいのではという話だった。

「ああ、それから……」

そう付け加えてハイラスさんは事もなげに言った。この屋敷を私の所有にしないかという話だった。実はすでに私がヴァンザに対して売却した薬草や魔法薬の売り上げが、この屋敷を買い上げてもお釣りが出るほどになっているようだった。

確かに高額で買っていただいてはいたけれど、それでも数は限定的だったというのに。思っていたよりもまとまった金額になっていた。

「もともとリーナ様の腕にも、お作りになる魔法薬にもそれだけの価値がありますので、これが当然かつ自然な金額だと思いますが？　それよりは王国での賃金がやや不適切だったのではないでしょうか。王国には私のほうからツケを払わせておきましょう」

真顔の彼は、なんだか澄んだ瞳をしていた。

○セイゼルの最期

水が過ぎ、風が過ぎ、火の季節がやってきていた。

リーナの住むアセルスハイネから王都に目を移せば、そこでは新しい王の戴冠式が、片手間のような簡潔さで済まされていた。

これは新王妃ヴィヴィアの強い主張によるもので、何よりも速さが求められた。

新国王セイゼル。戴冠式から間もないある日。

相変わらず王国各地で暴動も離反も頻発していたし、あらゆる問題が置き去りのままだったが、彼は全ての問題に対して有効な対策をとれなかった。

今日この日、彼はちょっとした気まぐれを起こしたらしい。

王都の状況を視察するために城を出てみることにしたのだ。火の季節を迎えて暖かくなってきていたせいで、陽気に誘われたのかもしれない。彼がわざわざ庶民の様子を見に行くことなど、これまでに一度もなかった。

久しぶりに城を出てみると、あいにく、その日は小さな暴動が市街地で発生している。その様子をセイゼルは偶然、間近に見ることになった。怒り狂った男達はセイゼルの姿にも気がつかずに騒いでいて、そのまま彼の近くを通り過ぎようとしていた。

そして、新国王セイゼルは唐突に逃げ出した。このとき城に舞い戻っていればよかったものの、彼はなぜか王都の外へと逃げ出した。連れていた僅《わず》かな護衛だけを供にして。

なぜ外へ。原因は彼の頭の中。暴動とはいっても実際にはたいしたものでもなかったが、セイゼルの頭の中では、蜂起《ほうき》した民衆が王立騎士団の一派を巻き込んで、王城にまで詰め掛けてくる様子が、強く強く想像されていた。

このようにして彼自身が生み出した恐怖心というのはこの日に限ったことでもないようで、何かにつけ、このところ強くなるいっぽうだった。彼は逃げ、そのまま姿を隠す。

いつの頃からか発現していた彼の逃げ癖。

目指した先は、王都から東へ向かって大河を越え、さらに馬の足で二日ほど行った先の森林地帯。

そこにあるのは、めったに外部の人間が寄り付かないような小さな直轄領。

どこか身を隠すのによい場所はないものかと考えた彼が目指したのがそこだった。

ところが、着の身着のまま王都から逃げ出した新国王は、大河を越えてすぐの小村で早くも囚われの身となる。その村に潜伏していた元王立騎士団の一員に発見されたからだった。

この頃、騎士団はすでに分裂し散会していた。

王都に残って王に臣従する者もいたが、各地の有力な縁者のもとへ移ったり、あるいは身の振り方を決めかねて潜伏したりしている者なども多かった。

運悪く、セイゼルが捕まったのは現王家に公然と反発するようになった、ふたつ前の宰相が率いていた派閥。そちら側につくことを決めた元王立騎士団の主戦力だった。セイゼルは地方の荒れた砦《とりで》の中、冷たい石の上に囚われる。

この一報を聞いて、誰よりも激怒したのは王妃ヴィヴィアであった。

怒りの矛先は王立騎士団にも向かっていたが、それよりも何よりも新国王セイゼルの度重なる醜態《しゅうたい》、軽率さ、無能さ、愚かしさにも惰弱さにも我慢がならなかった。

なぜこの時期に意味もなく出ていって、敵対勢力に捕まってしまうのか。まったく理解ができない奇行だった。なぜ日に日にアホウになっていくのか。

王妃は激怒する。何せ、彼女は未だに王の子を孕《はら》んではいないのだ。

この状況で王の身に何かがあれば、同時に王妃という身分すらも危険にさらされる。せめて子だけは産み、自分の地位を盤石《ばんじゃく》にしたあとであれば。

「あの愚物めが！　せめて腰から下だけでも残していけばいいものを」

思わず取り乱して叫んだ彼女の言葉は、城の外にまで響いたという。

そしてこれは、なにも比喩的に使われた言葉というわけではなかった。実際に、とある身体の一部を使った、かなり特殊な懐妊の秘術があった。結局、後にこの術はヴィヴィアによって実行されることになる。

彼女にとっては正統な血筋の子を生《な》すのが最優先。子さえいれば自分は後見となって国内を治めることができる。そのあとはもうセイゼルになど用はないが、なんとしても今は王の子を手に入れなければならない。

彼女の野心はどこまでも昇っていく。

こうして王妃によって、新国王セイゼルの救出隊が結成された。

のだが、しかしここへきて、セイゼルにもひとつの煌《きら》めく才能が開花してしまう。彼は囚われていた地下牢から自力で逃げ出したのだ。

もはやここまでくると彼の逃げ癖は、見事な才能だった。

彼は逃げた。追うのは旧王立騎士団の主力達と、若き王の子種だけを狙う王妃ヴィヴィアの手勢。

しかし才能を発揮したセイゼルは、火の季節が終わりを迎えてもなお潜伏を続けていた。

一度は王妃の放った追手と接近し、合流しかける寸前になったこともあったが、そのとき彼は聞いてしまう。

王妃は秘術を使い、国王セイゼルの子種だけを手に入れるつもりだという話を。彼は再び逃げる。

もはや護衛も従者もいなくなり一人になっていた。その日の食事にもありつけない始末で、清潔な水も手に入らずに、泥水どころか毒の沼をすすらざるを得ないような生活。ある夜には、夜盗に身を落とした質の悪い武装農民に捕らわれることもあった。

ここでも彼は命からがら逃げ出したが、身ぐるみを剥《は》がされ酷い傷も負った。人相も変わり果て、誰も彼がトゥイアの王だとは分からなくなっていた。

これ以上は逃亡するにも満足に歩けそうにもない。この傷の様子では、たとえ十分な治療を受けても、二度と夜会でダンスを披露することもできないだろう。

このとき突然。彼の胸の奥底にまで、自分はもう二度と元に戻れないのだという重みが伸し掛かってきた。

自分はいったい何を求めていたのか。なぜこんなことになってしまったのか。

もしも、もしもやり直せるならあのときに、あの夜に……しかし時間は巻き戻らない。

たとえどんな魔法を使おうとも。


いっぽうこの国王不在の状況下で、王妃ヴィヴィア陣営は着実に勢力を増していた。

彼女がどこからか連れてきた連中は、いつの間にか王国の要職で重用されるようになっていた。

その彼らが今度は立場を利用して政敵を追い払う。

独裁性の高かった前国王亡きあとの王国貴族達はまとまりに欠けていたし、何よりもヴィヴィアほどの決意も覚悟もない者がほとんどだった。

それに比べると王妃ヴィヴィアは気迫だけは凄《すさ》まじく、けっして賢くはない頭の中から繰り出される荒唐無稽《こうとうむけい》な改革案も、中には天運を引き込んで国内問題に解決の糸口を見出す場合もあった。

混乱状態は、彼女のような愚かだけれど気力だけはあるというタイプの為政者にとって、むしろ好機だったのかもしれない。

一時的とはいえ求心力が生まれていた。それは人望とも忠誠ともまったく違うものではあったけれど。

例えば彼女はこの期間に、毒沼のひとつを実に乱暴に破壊させもした。目障りなものなど壊してしまえという考え、無茶な手法。当然根本的な問題は解決しなかった。が、少なくともポイズントードの生息数は激減した。

そもそも火の季節になれば水量が減り、毒沼が大河と混ざることもなくなるから、何もせずとも被害は減少したのだが。

さてここでひとつ。彼女の強引な方策がはまった事例が生まれる。人員不足の中、無理を通し大量動員させて進めた山狩りで、行方《ゆくえ》をくらませていた新国王セイゼルを発見したのだ。

小さな山の森の奥で、ほとんど動けなくなって死にかけていた彼を発見した王妃の軍勢は、手厚い看病だった。丁重にセイゼルを保護し王城へと連れて帰った。

死にかけていたセイゼルはこれまで、その瞬間ほど妻に感謝の念を覚えたことはなかった。

セイゼルは思った。もしや自分の不安は杞憂《きゆう》だったのか？

自分の子種だけを求めているという話は、ただの噂話だったのか？

いずれにせよ、顔も膿爛《うみただ》れて足もまともに動かない状態では、少しでも回復するまでは誰かの世話になるしかない。目ヤニで前が見えず、味覚も痺《しび》れて感じない。

城に戻って久方ぶりに鏡を覗いてみれば、そこに映っているのは行き倒れの流れ者のような人物、いやまるで朽《く》ちかけた不死人だった。それは最後に見た父の顔に瓜《うり》ふたつだった。

それから風呂に入れられ、清潔な服を着せられたあと、セイゼルは見慣れぬ小部屋に移された。

酷い怪我をしているから高度な治療をするのだと聞かされる。そこで意識が一度途絶えた。

セイゼルには何が起きたのか一瞬分からなかった。とにかく気がつけば四肢を鎖につながれ、大の字になったまま身動きがとれなくなっていた。

下腹部に鈍痛が走った。首を持ち上げてどうにか下のほうへと目をやる。

……やはり噂ではなかったのだ。この段階になってようやく彼は現状を理解した。

理解はしたが、その現実を受け入れることは酷く難しかった。

ヴィヴィアにとって必要なのは、あの部分だけ。

もうセイゼル本人に用事はない。

もちろん念のために、受胎の成功が確認できるまでは王も生かしてはおくが。

必要なものさえあれば、確実迅速《じんそく》に受胎できるという秘術。

確実に出産までたどり着けるが、この手段をとる者はまずいない。

一回の術でひとつ消費するから、種の持ち主にとっては荒っぽい術だともいえる。

子供が生まれるまでは油断できないからと、ヴィヴィアは念のために残りのひとつも完全な形で保管しておくつもりだった。

そのあとセイゼルには苛烈な拷問《ごうもん》が施された。遺言書を書かせるために。

生まれてくる子供には第一位の王位継承権があること。その生母ヴィヴィアは子が成人するまでの間、後見として執政の長となり女王と同等の権利を有すること。

ヴィヴィアにとっても世間一般から見ても、ここまでの内容は比較的普通のことだった。

王と正妃の第一子が継承権第一位なのも、子の後見として生母が実権を握ることも。

だからこそ怪しげな秘術を使ってでもヴィヴィアは子を望んだ。ただひたすらに、自分がより上位の存在になるために。

ヴィヴィアの望みは叶った。しかし彼女の願望はなおのこと満たされなくなっていた。

いや、彼女が満足しなかったのも当然の流れなのかもしれない。

今では実質的に女王と同等の権力を握ったが、だとしても、名目上は王妃のままなのだから。

王妃なんぞはあくまで王の妻という肩書きであり、完全な頂点である女王とは違う。こんなこと、こんな屈辱が許されるだろうか。許されるわけもない。彼女は昇る。

いっぽうでまだ若き国王セイゼルはといえば、今やすっかり役目を終えていた。彼にこれ以上他に何か成すべきことがあるだろうか。種は残し、遺言書も残した。

かつて自慢に思っていた眉目秀麗な顔は失い、身体の一部もない。力なく掠《かす》れた声には誰一人応える者がいなくなっていた。

対外的には、王は反乱勢力の謀略によって瀕死《ひんし》の重傷を負い療養中なのだと説明された。

今でもまだ国王であるはずの男は、失意の中、残りの人生を幽閉された石の小部屋の中で過ごす。ただし残された人生の時間というのも、それほど多くはなかったのだが。

ヴィヴィアは数か月後、国王セイゼル崩御の知らせを国中に発表した。

○報告会

前王セイゼルの葬儀が異常なほどの質素さで済まされた直後。

屋敷にハイラスさんがいらして、伝えてくれた。

「ヴィヴィア王妃、御懐妊の報が公表されたようです」

このところハイラスさんと私は定期的に情報の交換をしている。たいていは昼食かお茶をともにしながらというのが多いだろうか。

私はただの魔法薬店の店主。そのはずだけれど、私には精霊の伝手があって、ハイラスさんには商人のネットワークがある。それぞれに入ってくる情報も見えるものも違うから。

王妃殿下のお腹は順調に、というよりは、普通ではない速度で育っているらしい。私の気持ちは複雑だった。

彼女は今、あらゆる手段を使って女王の称号を手に入れようと動いている。

すでに公的な場でですら、自ら女王と名乗っているのだとハイラスさんは語る。

「王国内の主だった高位聖職者達はすでに、彼女の称号を認めております。ただしこれはあくまで国内の話。未だ法王猊下《げいか》は正統性なしとして否定されております」

「それについては私のほうでも。北に棲《す》む光の精霊が目撃を。法王領に向けて何度となく嘆願書が送られているようですね」

ノームンや私の耳には、毎日のように、精霊から見た人の世の出来事が伝えられてくる。人の住む町中よりも街道沿いや森の中、人が道中の休憩に立ち寄る泉。それぞれに精霊が棲《す》んでいる。とくに国境のあたりの辺境は、彼らの重要なテリトリーだ。

この国から北東に進み、山や森や川や小国群を抜けると法王領がある。

法王猊下《げいか》は、この大陸の宗教における最高権威。その猊下《げいか》の重要なお仕事のひとつに、王権の正統性を認証するというお役目がある。

「ヴィヴィア陛下に関しては、条件次第では王権が認められることもある事例でしょうが、今の状況では厳しい見通し。俗な話ですが、資金も実績も軍事力も不足でしょう。そのうえですね……彼女の血を分けた姉であるエイヴィ様は法王領南部を治める枢機卿の奥方ですが、これが強く反対の意を示していらっしゃる。法王領内で小さくはない発言力を持っていて……。調べるとこの方は、ただ単に妹が女王の称号を得るのが気にくわないご様子」

それから他にもいくつか、雑談も交えた近況報告。

「さてと、本日のところはこんなあたりでしょうか」

この日はこれで解散。また近いうちにと言い残して、ハイラスさんは港へと戻っていかれた。日々は過ぎていく。

大陸の四季は水の季節から始まり、風が吹き、火の力が強まり、土の季節で終わりを告げる。

今は暑さも盛りを過ぎて、急激な気温の低下が始まる土の季節を迎えた頃。私達の昼食会もこのところ頻度が高い。

そんな中。王都あたりの状況が悪化の一途をたどっているという話が、方々から伝えられてきていた。

どうやらここにきて、ヴィヴィア王妃の過去の悪事が蒸し返されているという。

悪事とは、元国王セイザーグ暗殺の一件だ。

あれは誰がどう見ても、明らかに呪殺だった。事件の直後には、実行犯はヘイスティル家の者達であると公表されて、それで一応の収束を迎えた、はずだった。

けれど今になって、ヴィヴィア王妃の事件への関与が疑われる状況証拠と証言が出てきたらしい。

事態は新たな展開を迎えていた。

私は初め、真相を追及し始めたのはスース様だと思っていた。

実際はそうではなく、今動いているのは謀反の罪を被って御家を潰されたヘイスティル家の生き残り達だった。

これに、二代前の宰相の一族が加勢した。その宰相というのは、セイザーグ様が生前、最後に処刑をした人物なのだそうだ。

彼らは結びつき、今では反ヴィヴィア派の急先鋒になっている。

ヘイスティル家には失うものがない。全てをかなぐり捨てて、僅《わず》かにでも残されていた暗殺事件の痕跡をかき集め続けていた。

前々宰相の一族のほうは、未だに強い権力を持つ立場。どんなきっかけでもかまわないからヴィヴィア派の勢力をそぎ落としたくてたまらない。

ヴィヴィア王妃失脚の暁《あかつき》には、ヘイスティルの家は再興される約束にでもなっているのだろうと、ハイラスさんは言う。

「それではリーナ様、今日はこのあたりで」

この日も私達は、短い時間とはいえお話をして、そしていつもと同じように解散となった。

ただひとつ、少しだけ違っていたことがあった。

今日、このあとすぐにハイラスさんが、アセルスハイネの町を出立するとおっしゃられた。

お仕事があって別の場所に移るという。

どんなお仕事ですかと尋ねると、王都がらみだとだけ教えてくれた。

権力闘争とは関係のないような場所にいても、すでにそこら中で、新しい時代の準備が始められているらしい。

○城内

この頃王都は、城の中も宮殿の中も魔導院も、どこへ行っても地獄の様相だった。

陰謀が裏切りを呼び、偽証が日常になり、繰り返される暗殺の企みは犯罪者に仕事を与えた。

彼らはまるで修羅か悪魔かのように相争っていた。

そんな中で、国王暗殺事件の原因究明、最後の決め手となる出来事が起こった。

ある人物が、暗殺にはヴィヴィアも関与をしていたと証言したのだ。

証言者はヴィヴィアに極めて近い人物だった。それはあの日、ヘイスティル家の三名を直接手にかけたヴィヴィア直属の護衛兵だった。

しばらく前にヴィヴィアは、側近ともいえるようなこの護衛兵の忠誠を試すために、男の家族を殺させようとした。男の家族を、男自身の手で。

いつもの悪癖か、ほんの気晴らしか。ヴィヴィアは大真面目に語った。真の忠誠心があるのならば、命令に従って自分の家族でも殺害できて当然だと。

結果、護衛兵は離反し、そして誓約の神に誓って証言台に立った。

同時にこの男は、ヴィヴィア派についていた旧王立騎士団の一部勢力と、前々宰相派を裏で結びつける役目も買って出ていた。

こうして前々宰相派は、暗殺の黒幕を討つべしという大義名分と、割れていた騎士団戦力の一部を手に入れた。そこからの行動は迅速《じんそく》で苛烈だった。

さっそく、打倒ヴィヴィアの狼煙《のろし》を上げた。

その日の夜、前々宰相派にもとよりついていた旧騎士団の主力部隊によって、王城内部は戦いの炎に包まれた。

ヴィヴィア派についていたはずの騎士達の一部裏切りもあって、城内各所への侵入はあっさりと進む。両陣営に分かれての激しくも醜い王城内での争いはひと晩続いた。しかし、決着はつかなかった。

ヴィヴィア派は城の主塔を軸にして立てこもり反撃。一部の裏切りはあってもなお押し返し徹底抗戦。城内の主要部分はヴィヴィア派が死守していた。

王城の外では民衆の蜂起《ほうき》もあって、ヴィヴィア打倒の気勢で埋め尽くされつつあった。

前々宰相派は王城内の一部と、王都を含めた周囲を固めた。

戦いは長引き始めていた。事前にこういった戦いをある程度は察知していたヴィヴィア側も、いくらか準備をしていたし、また、援軍も呼び寄せていた。

彼女が頼ったのは実家であるアルシュタット公国。それから姉の嫁《とつ》いだ法王領南部。

アルシュタットからの返事はすぐにきていたが、そこには完全拒絶の意思だけが記されていた。

が、期待していなかった姉のほうからは好意的な返答が届いていた。

ただもちろんそれは、姉妹間の愛情に従って手助けをしてやろうなどという内容ではない。援軍を送る代償が厳しく要求されていた。

まず第一にトゥイアが法王領南部からの支配を受け入れ、属国化すること。第二にトゥイアの税収の三十パーセントにもなる高額の年貢金を支払う契約を結ぶこと。

それに応じた場合は戦力をすぐに差し向けてやろうという内容だった。

姉の嘲笑《あざわら》う顔が見えるようではあったが、ヴィヴィアは苦渋の決断でそれを呑んだ。

いや、呑んだと見せかけて、これはあとで反故《ほご》にすれば問題はないと考えた。

王城での内紛が始まる直前、すでにここまでは準備が進んでいたこともあって、援軍は速やかに派遣された。かのように見えた。籠城する塔の上から、ヴィヴィアは姉の姿を見つけていた。

しかし結局最後、ヴィヴィアの運命は肉親の手によって止《とど》めを刺されたも同然なのかもしれない。

援軍が、ついにやってきたのだとヴィヴィアは思った。思い込んだ。

いや姉は確かに自ら軍を従えて来たのだ。しかし彼女はわざわざここまで来たというのに、少しばかり離れた丘の上に布陣し、そのまま動かない。

ヴィヴィアは業を煮やして催促の書状を何度も送るが音沙汰なし。

その間に城内の備蓄も人も徐々に減っていった。

○商談

私はなぜか王都のすぐ傍《そば》にまで来ていた。

こんな、王城の中での内乱が始まったときにだ。

本当なら来たくはなかったけれど、恐ろしいことに、ハイラスさんが戦乱のあの城の中に入っていって、ご商売をなさるというではないか。

私に黙って何かをしに出ていったと思えば、なんて危険なハイラスさんだろうか。

そもそも私に彼の行動をどうこう言う権利もないというのに、思わずここまで来てしまっていた。ようやく見つけて引き留めると、彼はこともなげに言った。

「ご安心ください、リーナ様。無茶はしませんから。少しばかり商談をしてくるだけです」

「これからなさろうとしていることが、まさに無茶では？」

私はハイラスさんを止めようとしたものの、彼に止まる意思はないように思えた。

というよりも彼はすでに一度、途中まで行って引き返しているのだ。

それを土の精霊、モグラもどきさんが目撃している。私にこの情報をもたらしてくれた発信元は彼らだった。

ただそのモグラもどきの皆さんだって、未だに宮廷魔導院の中庭で暮らしているというのだから、それはそれで私の心配の種のひとつなのだけれど。

さらにもう一名、心配の種。似たような状況の方がいらっしゃった。スース様だ。

スース様は、今は王都に隣接する修道院に身を寄せていると聞いていたのに、どうも違うのだ。どうやら実際はまだ、城の中に潜伏中らしかった。

ハイラスさんもスース様も、それぞれ大切な仕事があるから外せないのだと言い張る。

『どいつもこいつも好きだな、危ないところが』

モグラもどきの皆さんと中継してくれたノームンが、呆れたようにそう言った。

「本当に、もう」

なぜ皆して、あんな戦い真っ最中の場所に行こうとするのだろう。まったく気が知れない。

「リーナ様に心配していただくのは光栄ですが、どうかご安心を。何も戦いに参加しに行くというのではありません。少しばかり商談をしてくるだけなのです。危険なことなどありません」

ハイラスさんの目指す場所は、王妃ヴィヴィア様の立てこもる主塔の一室のようだ。そこで大事な商談をするのだとは教えてくれた。

「なるほどそうですか。分かりました。それならば私も同行いたしましょう」

ぜんぜん危なくないのであれば、私が行っても問題ないはずだ。

何がなんでもついていこうと私は決断した。

「っ!! いやそれは危険です。無茶を言わないでください」

「いいえ、ハイラスさんが行って大丈夫と言うのなら、私が行っても大丈夫なはずです。むしろ戦う力ならばハイラスさんよりも私のほうが高いですから。護衛をいたします」

なぜか頭を抱えるハイラスさんだった。そしてノームンは。

『リーナ!? 止めに来たんじゃないのか』

とっても怒っていた。でも大丈夫。何よりノームンが一番よく知っている。私がこの程度のことで負傷をするような人間ではないことを。

何かあってもハイラスさんの一人や二人、助けて戻ってこられる。

伊達にバケモノ女と呼ばれていたわけではないのだ。たとえルンルン山脈のド真ん中からだって戻ってこられる程度の力はある。むしろ危険地帯は私の得意分野だった。

私の勢いに、今度はハイラスさんとノームンが難色を示したけれど、しばらくして諦めてくれた。これでよし。

本当なら商談のほうも私一人で行ければいいのだけれど、残念ながらそちらについては専門外。やはりハイラスさんでないとできないだろう。

さっそく身支度を始める。

私はルンルン山脈の霧から分離精製して持参した認識阻害薬を、外套《がいとう》のフードの外側に吹きつけてから、目深《まぶか》に被る。

一応は王都追放の身分でもあるしと、念のために用意してきたものだ。

これを私とハイラスさん、それから彼の従者のバスティアノさんの三名分。

その他にバックアップ要員として数名、ハイラスさんの手勢の方が参加するので、皆さんにも使っていただく。それぞれ少人数のチームになって、進入が始まる。

前々宰相派の勢力が管理している王都内に紛れ込む。混乱中の王都は、比較的警備も手薄だ。その先の包囲された王城へ。

流石《さすが》にここからは兵士も多い。監視も厳しくなっている。私達は一度立ち止まった。

「ヴァンザの盟主というのは、いつもこんなことをなさっているのですか?」

「流石《さすが》にそれほど多くはありませんよ。リスクをとるのは必要なときに限ってです」

ここまでハイラスさんにはまだ余裕があった。私も知らないような隠し通路を通り、あるいは建物の屋根に上り、下水の道も抜けて城壁を抜けて、ついには城の内部へと進んでいった。

もしも泥棒になっても一流になれるかもしれない。そう思うくらいには手馴れた動きだった。

酷く臭う下水を通り抜けた先で彼は言う。

「それにしてもリーナ様は、なんというお人なのでしょうね。こんなところにまで商談についてこられたレディは、貴女以外におりません」

今日のハイラスさんは少しだけ悪戯《いたずら》っぽく笑っていた。こんなところでも、彼の笑顔は健在だった。王城の中に潜り込み進んでいく。

　やや開けた、隠れるところの少ない大通路に到着すると、そこにはたくさんの兵士。今このあたりを境にして両陣営は睨み合いを続けている。戦いの最前線のひとつだが、ここを通らず主塔にはたどり着けない。

　前々宰相派は中へも外へもネズミ一匹漏らさないようにと、厳しい監視網を張っている。

「白状すると、前回断念をして引き返したのがここです」

「なるほど、それでは少し失礼をして」

　今度は私が前に出る。ここでもまた、用意しておいた小瓶を取り出した。中には薄紫の微粉末、眠りの粉。これを適度な強さに調合してから活性化し、発動させる。

　風の精霊シルフ達が数名心配してついてきてくれているから、この粉を運んで撒《ま》いてもらう。あまり強力な調合にはしていない。

　粉の内容については、あらためてハイラスさん達に説明をしておく。

「眠りの粉ですが、適度に弱めてあって、眠気で集中力がなくなる程度になっています。これから何度か通る可能性が高いですから、完全に昏睡させてしまうと、今後警戒して対策をとられてしまうかもしれません。一時的に効力を発揮して、すぐに大気にまぎれて消えてしまいますから痕跡も残りませんが、あくまで効力は薄め。最大限姿は隠して進むのがお勧めです」

そんなふうに。

「エレガント」

ハイラスさんが謎の感想を漏らす。エレガント？

確かにいざとなればもっと血なまぐさい術も使えるのだから、それに比べるといくらかはお上品な術に分類されるのかもしれない。ただ、そもそも今は無断進入の真っ最中。エレガントというのは、ちょっと綺麗に言い過ぎだろう。それに。

「本当にエレガントな女性というのは、こんなふうにでしゃばらずにいるものでは？」

「そうですね……私としてはそのほうが安心してはいられたかもしれません。それに……初めてではありませんか？　リーナ様とこうして遠出するのは。いやはやまさか、こんな形でリーナ様との外出が実現するとは思ってませんでしたね」

言われて考えてみると、残念ながらそのとおりだった。

しょっちゅうお会いしていると思っていたけれど、たいていは自宅でお茶をするとか、食事を一緒にとるとか、それくらいしかしたことがなかった。

ハイラスさんからはどこか別の場所へ誘ってくださることもあったというのに、ほとんどの場合は私の都合で実現しなかった。

目を離せない魔法薬の製造途中だったり、スース様のお手伝いに行ってしまっていたり。まさにエレガントとは程遠い日々だった。

「貴女は本当に……思っていたとおりの人で、けれど思いもよらないことばかりなさいます。ずっと薬草園にこもっているかと思えば、次の瞬間には、聖銀の弓矢のような強さでどこへでも飛んで行ってしまいそうにもなる。よく見ていないといけません」

潜入は上手く進み、今度は狭い隙間に身を隠しながら歩く。ハイラスさんはこちらを見つめながら、私の手をとって引き寄せた。と、そこで。

「おやハイラス殿、狭い場所だからといってもな、ちいとリーナに近いぞ」

ハイラスさんに声をかけた人物。行き止まりの壁の中からニュッと上半身を出しているのは賢者スース様だった。未だにこの城の中に隠れ住んでるというスース様。心配していたよりは、ずっと元気そうだった。

この城は、もともとスース様と初代様で造り上げたものらしい。

いくつもの抜け道も、秘密の部屋もあって、スース様はそれを使って生活できているらしかった。

ハイラスさんも事前に、隠された抜け道をいくつか教えていただいていたようだし、ここから先、主塔の中に至る道は、スース様が直接案内してくれる。

さて、結果的には、思っていたよりもずっと簡単に目的の場所へ着いてしまった。

この先は、今は王妃となったヴィヴィア様が籠城する主塔の一室だ。

ハイラスさんは従者バスティアノさん一人を連れて進み、私は姿を消しているノーン達や、スース様とともに部屋の外で待つ。

ヴィヴィア王妃は戦いに耐え籠城戦を続けるために、あらゆる手段を使って必要な物資を集めようとしていた。そして、その取引相手として名乗りでたのが、ヴァンザ同盟のハイラスさんだった。

彼女にとっては、同盟もハイラスさんも邪魔で憎い相手に違いない。取引などしたくはなかっただろう。けれど他には誰も、取引できる相手などいなかった。

王都のこの戦火の中にわざわざ飛び込んできて、商売をしようなどという者が他にはいない。

取引は始まった。

ヴィヴィア陣営はこの時点ですでに資金が底をついていたような状態だったから、まず城の中に残っていた不用品の売却から始める。

ハイラスさんは提示された品物を鑑定し、状況に応じた適切な価格で買い取った。

戦時下ともなれば軍需物資は高騰《こうとう》し、その他のものは軽く扱われる。

どんなに華やかなドレスも、明日の一度の食事分の価値しか持たないこともある。ドレス、宝石、かつて彼女の部屋に飾られていた名画。次々に売却される。

しかしこれはまだ、ハイラスさんの狙う品ではなかった。

この日はここまで。いっぽうハイラスさん側からは、籠城に必要な物資がヴィヴィア陣営から提示された。

一部の商品は後日の受け渡しとなった。もちろんこの受け渡しもまた、並大抵ではない労力が費やされたが、ハイラスさんは粛々《しゅくしゅく》と仕事を進めた。

無数の剣が火花を散らし、魔法の光が陣営の上を破裂しながら踊っていても、その渦中で粛々《しゅくしゅく》と仕事を進めた。私も微力ながら手伝いをしたし、スース様もまた同様に。

しかしこれもハイラスさんにとっては、まだ準備段階であるらしかった。

また日にちを変えてもう一度。

そしてまたもう一度、もう一度と、繰り返された。

国宝と呼ばれるほどの魔導具も、名工の美術品も、王妃様の嫁入り道具も、地位も、専売権も徴税権も、売れる可能性のあるもの全てが提示されていった。

この商談の間、私はいつもフードを深く被ったままで、部屋のすぐ外で待っていた。

ときおり激高した王妃様の声が聞こえてくることもあった。

やがて戦に必要な物資以外はほとんど全て売却された。手放すのを惜しんだいくつかの宝石や豪華絢爛《けんらん》な花嫁衣裳も、とうの昔に二束三文の値段で売り払われていた。

近いうちにこの商談も終わりを迎える。そんなある日。

その日も部屋を訪れた私達。珍しく彼女の姿はまだなかった。

ハイラスさんはすでに部屋の中。

そして、どこか近くの部屋から子供の泣き声が聞こえていた。

これまでもときおり、こうして聞こえることはあった。小さな赤ん坊の、力強くもあり、まだどこか頼りない泣き声。

泣き声の部屋からコツコツと足音がして、ヴィヴィア王妃が姿を見せた。

たいていの場合、彼女は商談の部屋の奥に控えていてそこから姿を現すから、私と接近することは一度もなかった。彼女がこれまで謁見の許可を出したのはハイラスさんにだけ。

今日は兵士を一人だけ伴って、こちらへ歩いてくる。商談の部屋へと入りかける。

もしも彼女に声をかけるとしたなら、このときは稀《まれ》な機会だった。

私はフードを目深《まぶか》に被ったままで声をかけた。

「陛下。これほど全てを捨てるおつもりなら、いっそ降伏と和解を。その道もあると、具申させていただきます」

彼女は一瞬動きを止め、こちらを振り返り、

「下郎め、商人の手下風情が気安く話しかけるな。耳が腐る」

それだけ言って、再び背を向けた。まったく彼女らしい。けれど、そこから数歩だけ歩いて、彼女はまた立ち止まった。

「私は……今よりまさに女王になる女だ。敗北などに意識を囚われることはないし、軟弱な和解の道を探るのに時間をあてることもない。たとえ何を犠牲にしようと、私の前にあるのは戦いと勝利の道だけだ」

そのまま、商談の部屋へと入った。

この頃、しだいに出てくるのは値のつかないものばかりになっていた。

いよいよ他に売る品物がなくなると、最後に彼女が売却を決断したのが王国の領地そのものだった。

彼女が対価として手に入れたのは、僅《わず》かな糧食と粗末な武具、山賊まがいの低質な傭《よう》兵《へい》だけだった。彼女は王国内の全ての領地を僅《わず》かな金額で売却する契約をした。

○姉の訪問

ヴィヴィアはこの日も主塔の上にいた。

そこから姉の布陣を睨んでみても、待てど暮らせど動かない。

かつて華やかだった王宮も今は人影もなく、廃墟のように変わり果てていた。夜ごと開かれていた舞踏会も祝典も今や幻のように消え去った。

またもう一度、姉の陣営を睨みつける。と、そこでついに姉エイヴィが動いた。小集団を従えて陣を出て、こちらに向かって歩き始める姿が見えた。

姉は中立を示す旗をはためかせながら、王城へと進んでいる。

城を包囲している宰相派とはすでに話がついていたらしい。すんなりと道があけられ、エイヴィ達が入城してくる。

ゆっくりと静かに時間が流れる。ついにヴィヴィアのもとへ来たエイヴィは、一枚の書状を手に持っていた。法王から王妃ヴィヴィアにあてられたものだった。

書状には、王妃にとっての『最高の望み』が果たされると記載されていた。

つまり、これまで再三にわたって要求していた女王の称号、これを今になって認めるという。

しかし、あれほど望んでいたはずのものなのに、今は戸惑いを覚えるだけだった。なぜここにきて。今必要なのはそれではなかった。

書状には続きがある。今重要なのはこちらの内容だった。

文書は法王の名で断言している。『法王領に関わる全ての地域は、王妃ヴィヴィアへの軍事的な支援を行わない。法王領の域内全ての者に対し、全面的にこれを禁止する』、そう記されていた。

つまり、姉の率いてきた軍も、このまま何もせずに帰ることになる。

命運は決まった。姉はわざわざ兵を起こして、ここまで来てそれを見せておいて、援軍の約束を堂々と反故《ほご》にした。この紙切れ一枚で。

エイヴィは嬉々として語る。

初めは確かに可愛い妹の手助けをしようとしたのだと。しかし、いざ加勢しようとしたところで、法皇猊下《げいか》のご意思が示されたがゆえに覆ってしまったのだと。

真相は分からない。ただヴィヴィアは思う。この悪魔は、またしてもいつものように他者を貶《おとし》めて、なぶるようにして快感を得ているのだと。

「あぁ、可愛いヴィヴィア、親愛なるヴィヴィア。あら、あらあらあらあらっ、なんてことなんでしょうねぇ。かわいそう」

エイヴィは法王からの書状を突きつけながら、恍惚《こうこつ》の表情で叫んでいた。

「かわいそうで、酷い姿で、とんだ負けざま。私も遠路はるばる会いに来たかいがあるってものかしらね。楽しかったぁわぁぁ。それじゃぁまたねお元気でぇ、あぁ、はぁっはっはっは」

とろける笑顔で去っていった。ただ、実のところ彼女とて、そのあとの命運は似たり寄ったりではあったのだが。

こうして、ヴィヴィア派の力は最後の一滴まで尽きようとしていた。

「ふぎゃぁ、おぎゃぁ」

奥の間から現国王の声が聞こえた。

○モグラと乳飲み子

近いうちに私達も、王都から引き上げるかもしれない。

これまで続いていた商談だけれど、すでに最後の取引を終えていた。

王都周辺では暴動と略奪が頻発するようになっていた。

戦いそのものは王城の壁の内側だけで済んでいるけれど、余波は外にも波及する。

スース様は、力の弱い子供や女性、それから病気の方々に声をかけて、王都に隣接している修道院へと運んでいた。

私も商談に出向かない日は、そのお手伝いで修道院か王都の中を回っている。

私はここを引き上げる前に、これまで何度となく通り抜けた戦渦《せんか》の道をもう一度すりぬけて、宮廷魔導院の中庭を訪れようとする。

中庭にはまだモグラもどきの皆さんが棲《す》んでいるのだ。

いよいよ最後に大きな衝突がありそうだから、なんとか一時的にでも避難をしていただこうと思っている。

その道中、どこかから視線を感じて、周囲をよく観察した。

何度も通り抜けてきたから慣れっこになってきていたけれど、これが最後という段になって足を踏み外すのが人間だ。周囲をよく観察する。やはり誰もいない。

ふとヴィヴィア王妃が籠城を続けている主塔のほうを見上げる。寒々とした石の塔には明かりも灯っていなかった。私は中庭へと到着した。

『おう、リーナ。げんきそうだ』

地面がコンモリと膨らんで、そこから小鳥のようなさえずり。

王城に来るたびに彼らの様子も確認はしていたけれど、その様子は相変わらず。

地中深くに棲《す》む彼らには、地上が戦乱と瓦礫《がれき》に埋まってしまっても、あまり関係がないらしい。

今回はそれでも念のために避難をしてくれないかとお願いをしに来た。そうしないと、私が心配でしかたがないのだ。

いよいよスース様もこの場所での仕事を終えて離れるそうだよと伝えると、流石《さすが》の彼らにも動揺が広がった。

スース様もこの場所に長らく住んでこられた方だ。

『意地でも動かない仲間』として思うところもあったのだろうか。

さらに同じ土の精霊であるノームンからの説得もあり、ついにモグラもどきさん達の一時避難が決定した。

避難先はスース様が滞在されている修道院の地中深く。そこへと移るために私の鞄《かばん》の中に入ってもらう。何せ小さい身体だから、一族まるごと入ってもこれで済む。

ではいよいよ、修道院のほうへ帰ろうかという瞬間になってのことだった。

乳飲み子を抱えた女性が、主塔からの抜け道あたりをうろついているのが見えた。

姿を隠しながら。用心深くあたりを見回し、ゆっくりと外のほうへ向かう姿。こんなにもたくさんの兵士が取り囲んでいる状況でだ。

彼女は私にも気がついていない。あまりに危うい様子、私はそのあとを追った。

宮廷魔導院は王城の城壁の中にある。

ここを通って町へ抜ける道もあるけれど、上手く出られたとしても、今はその場所もまともな人は残っておらず、盗賊まがいや暴徒で溢れている。

追いかけて、追いついたとき。

「っ!?」

赤ん坊を抱えて走っていた女の、血走った目が爛々《らんらん》と見開かれていた。

「ひぃぃ、お助けを、お情けを、私はなんの関係もっ」

上にはボロを纏《まと》った姿だし、やつれて落ち窪《くぼ》んだ目でもあったけれど、その立ち居振る舞いは市井《しせい》の者のそれではない。城の中で誰かに仕えていた女官の一人だろう。

私は、その赤ん坊が何者であるのかを直感していた。そしてまた同時に、何も聞くまいという思いが心に浮かんでいた。

私は修道院へと避難している他の子供達と同じように、その子を扱うことにした。

保護をして、町の外へと連れ帰る。

女官は何も語らず、ただ黙って付き従い、修道院で提供されたスープに手をつけていた。

『リーナ、その子はあとで禍根《かこん》になるかもしれないぞ』

「ええ、分かってる」

ノームンはそう言って、私はそう答えた。

『そうか、ならいい』

夜は更けて、日付も変わった頃だろうか。最後の攻勢が始まったらしい。

大きな爆発音。王城の空は赤く燃え、私は崩れ落ちる主塔を見た。

○最後の女王ヴィヴィア

リーナが見つめる中。王城。

最終防衛拠点である主塔の壁が破壊され、武器を手にした人の波がなだれ込んでいった。

血と剣戟《けんげき》、爆発の音と瓦礫《がれき》。混乱と破壊と蹂躙《じゅうりん》の傷跡。

王妃が立てこもる最後の部屋も突破される。王妃ヴィヴィアは剣を手にして立っていた。

人の波に呑み込まれ、石の床に押さえつけられ、捕らえられた。

これで、王城で起こった一連の出来事が終わった。

ほんの数時間後。

このとき攻め込んだ前々宰相派と騎士団の残党は唖然《あぜん》とする。

ヴィヴィアを捕らえたのはいいものの、肝心なものはすでに、彼女の手から離れてしまっていることに気づかされたのだ。

王国内の領地は全てハイラス達の手の中に収まっていたし、他にも碌《ろく》なものは何も残っていなかった。

彼らの望んだものは得られなかった。

領地が売却済みだと知った前々宰相派と騎士団だったが、むろん彼らとて、このことをすんなり受け入れはしなかった。

速やかに、領地取引の無効を宣言する。

そもそも土地の領有権とは、いやしくも金銭の取引のみで完結するような問題ではないと主張した。先祖代々の功績や神聖なる法王猊下《げいか》の認証があってこそ権利が認められるものなのだと。

この主張は一般的に言って、この時代この場所での慣習に照らし合わせて正論だった。

ただ売り買いして、それで済む話ではない。

しかし、そうであれば……当然ハイラスという人物がその点になんの配慮もしていないはずもなかった。実際のところ、すでにハイラス達は法王からの承認も済ませてしまっていた。

この大陸での神殿組織の存在意義はいくつかあったが、最も重要なのは国家の正統性を認証する機関としての役割である。

次から次へと人間離れした英雄達が現れては消えてゆく不安定な世界では、国家もまた不安定な存在だった。英雄とともに短いスパンで栄枯盛衰を繰り返す。

それに対して神殿は一人の人物や一族に影響されるのではなく、多くの普通の人間達が集まって運営する組織だった。そこで奉る神にしても、現世で力を振るうタイプの神ではなくて、存在するのかしないのか判然としないような偉大な古《いにしえ》の神だった。

こうして神殿は永くそれなりに安定して存在し続けることで、権威ある機関になっていた。

儀礼とはいえ、大陸各国は神殿と法王からの認証を受けて国家の正統性を内外に示すのが習わしになっていた。

いっぽう偉人達は神殿からの承認を受ける代わりに、己が没する前に自分のゆかりの品を贈った。偉人達の権威は聖遺物として残り、神殿で所蔵される。

ことほどさように法王にとって何よりも大切なのは権威だった。彼らはそれだけを頼みにして生き抜いてきた存在だった。

彼らは過去の権威だけでなく、今の時代の権威にも注意を払った。

それは例えば、大陸全土に名をはせるフィニエラ・デルビン工房の魔法衣のようなもの。

彼らはこういったものも珍重した。神殿はフィニエラ工房の最大の取引相手でもある。

権威を高めるために多くのアーティストにあらゆる芸術品を作らせたが、中でも魔法衣は権威を象徴する重要なアイテムのひとつだった。

そしてつい先日のこと。リーナ・シュッタロゼルという新進の薬士の参加によって、フィニエラ工房の魔法衣が新しい技法を世界に先駆けて発表し、それが法王の儀礼用魔法衣だったというニュースが、関係者の間で流れた。

そのこと自体が法王をいたく喜ばせもした。

が、何よりも、リーナとヴァンザがもたらした新たな素材や技法が、法王と神殿の今後にとって重要なものになっていくと感じさせる出来事にもなっていた。

もちろん未開領域からの新素材はフィニエラの胸をも躍らせていた。

リーナとフィニエラ・デルビンとの個人的なつながりや約束もあったし、そのうえそれぞれの利害も一致していたのなら、もはや彼らの商談を阻むものは何もなかった。

ヴァンザ同盟と、リーナ・シュッタロゼルへの王国領地売却は、完全な形で承認された。

ハイラスはこのとき、リーナが得るべきだった『正当な対価』をようやく手に入れたと満足した。

ただしリーナ本人は、そういったものを簡単に受け取る人物ではなかったのだが。

宰相派と騎士団の残党は、事実を突きつけられたあともあがこうとした。まだ王城そのものは自分達の支配下なのだ、物理的に占拠している。

ここを拠点に態勢を立て直し、周辺の領地は軍事力によって実効支配をしようと目論んだ。しかし、王城を占拠したその日のうちに、休息をとる間もなく城も失う。城は音を立てて崩壊。砂かあるいは蜃気楼《しんきろう》のように崩れ去っていった。

そのとき賢者スースはようやくここでの全ての仕事を終えた。長らく住み、様々な思いの残るこの家を去った。

ヴィヴィアが捕縛された日から幾日経っただろうか。

この間ずっと現在の王、つまり生まれたばかりのヴィヴィアの赤子は行方《ゆくえ》知れずになっていたが、つい昨日死亡が認められ、正式に公表された。

国王夭折《ようせつ》の公表から一夜が過ぎた。

そして今日この日、ヴィヴィアは戴冠式に向かった。

戴冠式には法王が訪れ、ヴィヴィアの頭上に王の証の冠が載せられる。

こうして彼女は王妃から女王に、まごうことなき頂点に上りつめた。

むろんそれは全て名目上だけのことではあるのだが。

今の女王のもとに残されたのは、瓦礫《がれき》の中に埋もれた王城跡地の地下牢だけ。

領地売却の契約もほとんどが履行され、この地下牢だけが最後まで残された女王直轄の領地だった。

かろうじて残った小さな牢内で彼女は生きていた。

他には何ひとつもない。つい先日までこもっていた王城の塔とて、今は焼け崩れて廃墟になった。人も権力も資産も領地も全てがどこかへ消え去っていた。

ただ名前だけのトゥイアの女王。全てを剥奪《はくだつ》されたその頭上に、王冠が載せられた。

このときすでに売却されていた領地の主な売り先は、ヴァンザ同盟。全ての領地は取引の成立後もトゥイア王国に所属したままではあったが、その権利の全ては移譲されていた。

そして領地の一部は、リーナ・シュッタロゼルのもとへも渡っていた。

リーナは売却の時点までに、個人ではもてあますほどの資金を手にするようになっていたし、また、領地の適正価格のほうは極限にまで落ちてもいた。

領地取引に関して、その一部はリーナの名義と資金で行われていた。

ハイラスはリーナに、少なくともいくつかの領地は託したいと考えていた。

まずはもともとリーナの両親が領有していたナナケル伯爵領。これはそもそも彼女のもとに返ってしかるべき領地だった。

もうひとつは、大河アーセルユールの河畔地域などの、精霊の力がとくに強い土地。

ハイラスは思う。彼女にはそれを運営するだけの能力と適性と資格があると。

けれどリーナは、そうは思っていなかった。一時的に領主としての役割を引き受けたが、あくまで短期間。彼女は結局、これをすぐに手放すこととなる。

瓦礫《がれき》の中、地下に残った牢内では、女王ヴィヴィアがまた一夜を過ごした。

翌朝。寒く冷たい朝だった。

この朝ヴィヴィアは、死刑執行の宣告を受ける。

王国最後のときに王国の頂点を極めたヴィヴィアは、王国衰退と無数の事件の責任をとる形で処刑されることが決まっていた。

賢者スースがかねてより考えていた終焉《しゅうえん》のひとつでもあった。民への被害を抑えた静かな終焉《しゅうえん》の策として。

もちろんヴィヴィアは、実際に取り返しのつかない多くの大事件を引き起こした首謀者だった。今となっては言い逃れのできる状況でもない。

強い瞳が前を見る。

ヴィヴィアは王冠を戴《いただ》いて処刑場に向かう。

彼女は大望を成したのか、あるいは小事に囚われただけの人生だったのか。

すでに準備は整えられ、見物人が押し寄せていた。処刑は民衆に公開される。

酷く残虐な趣味にも思えるが、この時代この土地においては、民が鬱憤《うっぷん》を晴らすために重要な祭事として、血なまぐさい公開処刑にも存在意義があった。

民衆の視線が注がれる。

生まれてからこれまでの生活の中で、ほとんど日の直射を浴びることのなかった彼女の白い柔肌が、公衆の面前にさらされた。

処刑場である王都の中央広場まで、彼女は頭上の王冠と首の鎖だけを身につけた姿で連行された。

最後の道を歩く。

罵《のの》りの声と小石が投げつけられる。大衆には熱狂が広がっていた。

ヴィヴィアの目は、相変わらず強すぎるほどの光を宿していた。

手に足に、頬に、まぶたに、石を受けよろめいても、大衆に暗い憎悪を向けて睨み返した。

王国衰亡の最後の引き金を引いた女。国王殺しの大罪を二度犯した女。

これまでこの女王の手によって不当に追い落とされてきたのも一人や二人ではなかったし、暗殺やそれに近い目にあった男の数も知れない。

そのいくつかは白日のもとにさらされたが、これまで人知れず闇に葬《ほうむ》られてきた被害者もまた多くいた。集まった人々の中には、様々な思いが渦《うず》巻いていた。

いよいよ処刑場へと到着したとき、すでにヴィヴィアの身体は無残な損傷にまみれていた。

王都の中央広場には町のどこからでも良く見える高い時計台がある。彼女は中に入れられ、ゆっくりと階段を上っていった。

大時計の真下の部屋から再び外側に。

その場所からヴィヴィアは、地上にいる多くの人間達の姿を見た。

やがて最期の瞬間がきた。彼女は落ちる。落ちながら、声を上げた。不思議な叫び声だった。

「殺すがいい。それでも王になった。私は女王ヴィヴィア。王国の全ての人間の頂点である」

掠《かす》れたようでいて、よく響いてもいた。声は、いったいどれだけの人間に聞こえただろうか。

こうして、トゥイア王国の歴史に幕が下ろされた。

初代女王から数えて、建国一五〇年を迎えた土の季節の出来事だった。

○新たな始まり

この一年の騒動がまるで嘘のように、アセルスハイネの町も水路も湖も平穏だ。

久しぶりに帰ってきた屋敷では、ハーナンが温かいスープとともに迎えてくれた。

夜はまだ冷え込む。魔法薬店のほうはエリスとイヴリス姉妹がしっかり見ていてくれた様子。

魔法薬の棚は何か所か空になりそうな場所があった。また作っておこうなんて思いながら、この日は眠りについた。

しばらくはお店に出たり、薬草園の手入れをしたり、違うお仕事も入ってきて対応したりの日々を過ごす。ここのところ河も湖も水量が増えつつある。雨が降り、水の季節がやってくるのだ。

晴れ間に外に出ると、アドリエルルの湖面は今日も蒼く澄んでいた。この時期は水の力が増していて、特別輝いて見えるらしい。もうすぐここへ来て一年が経とうとしている。アセルスハイネではこの時期、三年に一度、水のお祭りがある。今年は開催年にあたる。予行練習用の花火が湖面の上で、いくつもの色をキラキラと踊らせていた。

考え事をしながら湖の近くを歩いていると、元気な声に呼び止められる。

「あれ、薬士さん。薬士さんじゃないですか。貴女もお祭りに来てたんですねぇ。いやそれにしても、見事な花火だ。ねぇ」

声をかけてくださったのはどうやら、私が一年と少し前に、精霊の塚を修復しに行った村の方のようだった。あれは婚約破棄と王都追放騒動の少し前のことだ。

今日の町はよく賑《にぎ》わっている。すでに他所からもたくさんの人々が集まり始めているらしい。

そうこうしていると、また別な方が声をかけてくる。こちらは漁師さんだ。

「おいおいあんた、その娘さんがあの花火の製作者だよ。知らないのかい」

漁師さんはこの町の方で、私も何度かお魚をいただいている。ただ花火に関しては、ちょっと誤解が。一応は説明をしておこう。

「こんにちは。今日も豊漁ですね。ええと花火ですけれど、あれそのものを私が作ったのではなくて、材料になる魔素結晶体が私の担当なんです」

「んん？　ややこしい話を俺にされても分からねぇが、どっちにしろ器用なもんだよ。なぁ、あんた、昼間だってのにあんなにキラキラ輝く花火を見たことがあるかよ」

「もちろんねえさ。それにしても、へぇ手広いんだなぁ。俺はてっきり、土壌関係の専門家かなんかだと思ってたんだが。薬士さんはあんなのも作るんですねぇ」

「あんなのも？　いやいや、その人は大陸最高の魔法衣工房からも素材を発注されるようなお人だよ？　薬士にも色々いるが、いわば芸術家だ。この町を代表するね。土くれなんざ見やしないよ。誰か他所のと勘違いでもしてんじゃないか？」

「おかしなことを言っちゃいけないね。ウチの村はね、確かにその人に助けられたんだ。命の恩人て言っちゃあ大げさか？　でもねぇ、そう思ってるのがいっぱいいるよ」

いつの間にか二人のお話は、私そっちのけで盛り上がっていた。

新進気鋭の芸術家だ、いや、小村を回っている土壌専門の奇特な薬士だ。あるいは、精霊と通じる変わった娘だとか。実際のところは、どれもこれも私だった。

「いいか？　ウチの村のあたりはな、土地が痩《や》せてて収量が低かった。それで当時の王太子殿下が領主様方を引き連れてな、土壌改良ってのをやられたんだが……」

「へぇそうかい。で？　良くなったのかい？」

「それが毒にも薬にもならんかった。ならんかったにもかかわらず、土が良くなったから、収穫量も上がったはずだと言い出してなぁ……年貢だけが上がった」

「なんだいそりゃあ、そんな話があるかよ。やっぱりホラだ」

「あったんだよ実際に。そんで長老が訴えた。しっかし、賜《たまわ》ったのは更なる年貢の割増しだった。理由は、村人の怠け心と、反逆心だと。そのうえ見たこともないバケモノまで出てくるわで……」

「ほんとに本当かい……だとしたらお前さん達、そんなんでよく生きてたもんだな」

「それが不思議なもんでなぁ。そこの薬士さんがふらっと来て、村はずれの古い塚をちょいといじって、土に撒《ま》いてみろって肥料を置いてってって。そしたら俺達はなんとかやってけるようになったんだよ」

お二人の話は妙に盛り上がっていた。ほとんどのけ者状態に陥《おちい》っていた私だけれど、ここで一言参加した。

事実確認だけはしておこう。

「いえいえそこは、ちょっと端折《はしょ》りすぎですよ。そのあと賢者スース様も訪れて、しばらく土の状態を見てくださっていたはずです」

ちょうど私が王都から追放される直前の話だ。そのあと私は王都を追放されて、経過観察はスース様に引き継いでもらっていた。問題なく進んでいたようで私としても喜ばしい。

「そう、そうそう。そうだ。かの名高き賢者スース様も何かと足を運んでくれてな、なんとかな。まあこのところ王都のほうではなんやかんやあったみたいだけど、ウチのほうではむしろ前より暮らしは楽になったくらいかもな」

実際、私もこの方の村はよく覚えている。印象深い出来事だったから。

あそこは開けた平地で開墾《かいこん》しやすいけれど、栄養素のバランスが崩れやすい土地だった。

土を調べて分析をして、流亡しがちな微量養素を足してやれば使いやすい畑になることが判明した。

といっても、そこに気がつくヒントをくれたのは、あの土地に古くから棲《す》み続けてきた火の精霊だったのだけれど。

それ以前の『土壌改良』では、このあたりで広く使われている油粕系の堆肥《たいひ》が大量投入されたようだった。けれどあの土地にはすでにその前から十分な量が施されていたから、結果が芳《かんば》しくなかったのだろう。

水はけをよくするための工事も実施されていた。けれどどうもその際に、古い精霊の塚が壊されたらしい。

眠っていた古い精霊が力を暴走させて、村人が何人か怪我をしてしまっていた。

村の方が語ったバケモノというのは、古い火の精霊のことだった。

遠い昔にあの場所に祀《まつ》られていた精霊。放っておかれるだけならまだしも、棲《す》み場所にしていた塚がなくなって力が暴走したのだ。

このあたりでようやく異変に気がついた私達が現場に向かって、僅《わず》かに離れた別な場所に、目立たぬように塚を建て直した。

その過程で、精霊の力に巻き込まれそうになっていた領主の娘を助けたのだけれど、それが仇《あだ》になったらしい。私はそのあと、バケモノ使いの娘として糾弾《きゅうだん》された。火の精霊とやりとりをする姿を見られたことで。

今となっては、かえってよかったのだと笑って言える。

そのあとの私の生活には、随分と大きな変化があったものだ。

「よし、あんたせっかくアセルスハイネの町に来たんだ。俺の魚を食っていかなきゃならんぜ。今の話を聞かせてもらった分、ただで食わしてやらぁ」

「いいねぇ、気前がいい。なら俺のこの酒も一緒に飲もう。村の名物の上手い麦酒だぜ」

お二人は港にとめてあった船に乗って、お食事会を始めてしまった。私もお誘いいただいたけれど、このあとは先約があったのでご一緒できなかった。

私は今日のお仕事場所に向けて歩きだす。

あの日、私が王都を追放されてから季節はひと巡りするけれど、私を取り巻く状況のほうはまだ何も終わっていない。むしろ、これからだった。

まだまだやらなければいけないお仕事が盛りだくさんで、のんびりする暇はなさそう。

今日は湖底の女王陛下との会合。

アドリエルルの湖面は今日も蒼く澄んでいる。

聞いた話では、この周辺で亡くなった者の魂は、湖の底で眠るという言い伝えがあるそうだ。

じつはこの言い伝えは真実らしい。

つい先日お会いしたとき、湖底の女王陛下から聞かされた。

その者の魂の質によって長さも質も異なるけれど、誰もが一度は暗く冷たい湖の底で、魂を清めてから昇天するのだとか。

そしてトゥイア王国の初代様は未だそこに眠っていると、そうも聞いた。

ほとんどの魂はただ静かに眠るけれど、初代様の魂とは、縁と情が深くつながった者であれば、未だほんの少しだけ会話もできるのだとか。

もしも湖の底の深い深い領域で、スース様と初代様がお会いしたなら、いったい何を語られるだろうか。

スース様はそちらに行ってみたい様子だった。

けれど、今はまだこの地に住む人達の生活が不安定だからといって湖底行きを延期している。もしも本当に行けるのならば、初代様の魂の前で懺悔《ざんげ》をしたいとおっしゃっていた。

私は……懺悔《ざんげ》が必要だとは思っていない。

スース様は王国の最後まで、初代様との約束を想って、領民の生活を陰ながら支え続けていた。

これまでの全てが上手くいくことばかりではなかったとしても、それでも誰より王国で暮らす人々を支えてきたのは、まぎれもなくスース様だ。

私はそう思うのだけれど、スース様はそうは思っていない様子。

今、多くの貴族子弟が行き場を失っていた。スース様はその全責任も自分にあるとして、彼らの行き先を探し、あるいは養育のための場所を造るのに奔走《ほんそう》している。

そんな子供の中の一人。

私のもとにも今、赤ん坊がいる。特殊な生まれ方をしてきたけれど、元気に大きくなってくれている。今日はこれから外でお仕事だから、屋敷で乳母にお願いしてきてしまった。

もちろん私は母乳も出ないし、たくさんの方に頼ってしまっているけれど、それでも私は……

あの子の手首には、聖銀の小さな小さな腕輪がしっかりと結びつけられていた。あの日、宮廷魔導院の中庭からの抜け道の先で出会った時点で、つけられていたものだ。

あとになって気がついたけれど、その腕輪の中には折りたたまれた羊皮紙の切れ端が収められていた。取り出して広げてみると、紙の上部にはまず、こう書かれていた。

『泥かぶりの女。力あるのに野心なく、お人よしの愚かな偽善者。願わくはあなたに。』

あのとき塔が崩れ落ちる前に、私は彼女の、ヴィヴィアの視線を感じていた。そのことが思い出されてならない。

この切れ端の紙には続きがあり、下の方へ目を移すと、いっそう力強く、そして優しくこう書かれていた。

『これより全てを失う一人の女が記す。我が子よ、母は母の道を。あなたはどうか幸せに。私に残された最後の宝、いとしい我が子よ。』

出会ったときから最後まで、自分勝手な女《ひと》だった。私にはそう思える。けれどそこに記された文字には、これまで彼女の中に見たことのなかった柔らかな強さが見えていた。

「そろそろお時間です、精霊守《も》り様」

私はそう呼びかけられて、また歩き始めた。

日々は慌しく過ぎていく。


今日の午前は、管理することになった土地をグルリと見て回ってきた。

一時的とはいえ領有権が私に帰属する二か所だ。

どちらも人間の力だけで管理するには厄介《やっかい》な土地。ひとつ目はルンルン山脈の麓《ふもと》で、もともと私の両親や先祖が治めていた地域も含んでいる。

もうひとつの土地は大河アーセルユール沿岸の南北に長い地域。この二か所はどちらも自然豊かな場所であり、豊かすぎるのが問題な土地だった。

トゥイア王国は滅んだけれど人の営みは続く。先日まで王国だった土地は、今はトゥイア連合という組織に再編されている途上だ。

「精霊守《も》り様。準備ができております。議場へお願いいたします」

午後は、大変そうな話し合いに参加しなくてはならない。

今日の議題の中心は精霊区。そんな名称の特別区域をこれから制定して、運用していこうじゃないかという話が、今進んでいる。

そのトップには『精霊守《も》り』という役職が置かれるのだけれど、すでに私がそれを務めることだけは決定済みだ。

精霊区に選ばれた場所というのは、ようするに私が管理中の領地だ。

大河アーセルユールには力あるウンディーネの一族が棲《す》んでいるし、ルンルンの山裾は魔物の発生が多いけれど、風の精霊シルフが力を発揮しやすい土地でもある。

彼らの協力を得ることができれば、この地域はずっと管理がしやすくなる。

かつてであれば、私がこんなことを言っても耳を貸す人などスース様くらいしかいなかった。しかし、状況は変わっていた。

これまでナナケル伯爵領と呼ばれていた地域、ルンルンの山裾にあるあの土地では、近頃、昔からの伝承に、新しく続きの一節が語られるようになったそうだ。

『水の季節の雨上がりのあと、風の季節のルンルンの霧。

見たならすぐに家へと帰れ。

すぐに帰って家から出るな、小さな子らは霧の悪魔に呑まれてしまうぞ。

さあ帰れ、家へと急げ。それでもだめなら村を捨てても逃げねばならぬ。

それでももしも逃げられぬとき、そのときのために風に祈ろう。

あのとき助けてくれた、風に感謝を捧げて暮らそう』

後半の部分が昨年から新登場した一節だそうだ。

我が家から出かけていったシルフ達がルンルンで力を発揮していたとき、小さな村の中にシルフの存在を感じ取っていた人物がいたらしい。

その人物は言葉を聞いたわけではないが、はっきりと精霊の姿を目にしたと聞いた。

今日の午前中、私もこの人物に会いに行ってきたばかり。実のところ、精霊区で働く重要な職員になってくれるのではと期待している。

私の務める精霊守《も》りという役職は、あくまでも暫定的なもの。数年以内には消滅する予定だ。

それまでの間に人間側、精霊側の双方で、互いに意思疎通ができる人材を育成していくのが目下の課題だろう。

なんといっても、私のような特異体質の人間が一人でどうにかしようとしても、成果は短期的なものにしかならない。いつまでも続きはしないだろう。

だからできるだけ早く次の段階に移行して、私はまた魔法薬店の店主に戻るつもりだ。今はメイドのエリス、イヴリス姉妹やハーナンが店を見ていてくれるけれど、やはり私は、ああいう小さなお店の店主というのが性にあっているとも思う。

領地運営や重い役職。真面目に考えれば考えるほど、重責に押しつぶされそうになる。

精霊サイドの能力育成も、早いこと進めてしまいたいものだ。ノームンの事例があるから、技術的に可能だというのは分かっている。

ノームンの例でいくと、まずはアースゴーレムを生成して、その体を借りる形で人間とも話ができるようになる。これと同じことを多くの若い精霊にも挑戦してもらっている最中だ。

種族によっても得手不得手があるから、他の方法も考えていく必要もあるだろう。

大河アーセルユールのウンディーネ達はこのことにはあまり積極的だとは言えない状況だけれど、少なくとも今日の議場には長老の一部が出席してくれている。

この話は彼らにとってもけっして悪い話ではないから、話が進展することを切に願う。

人間側のメリットはもちろん水質管理を手伝ってもらうこと。いっぽうでウンディーネには、正式に大河の領有権が認められる予定だ。

これはもともと私が提案して動き始めた話だけれど、ヴァンザの商人達の気質がなせる業《わざ》でもある。

彼らはすでに土地を直接支配するよりも遥かに大きな利益を得られる商売をしているし、その仕事は相手が誰であれ関係がないのだ。たとえ人間でなかろうと精霊であろうと。意思の疎通ができて商売が成り立つのなら取引相手になりうる。むしろそれで新たな産品が手に入るのならば望ましい出来事だとすら考える。

とはいえ、そんな思想をここまで拡大して推し進めようとした人物は、ハイラスさんを除いて他にはいないだろうけれど。純粋に、珍しいものや新しいものに目がないのだろうとも思う。

彼の指揮のもと、新しく組織されたトゥイア連合においては、ウンディーネの自治領が正式に認められる予定だ。

今はまだ私の所有地という形になっているが、すでに河の中は彼女らの権利が保障されている。いずれこれがトゥイア連合の法の中に正式に組み込まれる。

もちろん一筋縄ではいかない。

少なくとも現状で今すぐに人と精霊、とくに大河のウンディーネ達がともに暮らしていくなどまったく無理。何かあればすぐにでも戦争だと叫びだしそうな輩《やから》が、人の中にもウンディーネの中にも確実に存在する。

私達はこれらを無理に結びつけるつもりなど毛頭ない。全然やりたくない。面倒なだけだ。

けれど、遥か昔からこの地域は精霊も人もとても近い生息域を共有して生きてきた。

精霊達は、部分的には人間にも手を貸して生きてきた。

この関係が、多少なりとも互いの利益になることを私達は望んでいる。

そしてこれが、これから私が携わることになってしまった難問でもある。頭が痛いし、どこまでできるのかも分からない。もしかすると、王国のような末路をトゥイア連合もたどることだってありえる。

案の定というべきか、今日の議会は紛糾した。やはり簡単には終わらない。終わるはずもない。

道は遥か先に続き途方もない。

私なんかに何ができるのか、とは言わない。言ってはいけないだろう。

私はぐっと顔を上げ、前を見据えた。

○祭りの日

ノームンという精霊は、本当に変わった精霊だ。

ほとんど私と一緒に家の中にいるというのに、妙に顔が広くて精霊友達が多い。

明確に決められているわけではないけれど、我が家にある聖域の中でも実質的にノームンがまとめ役になっている。

個人名を持っていて日常的に使っているというのも、このあたりの精霊としては珍しい。

土の精霊としての種族名はノーム。ノームンは彼個人の名前だ。

最近はノームンも何かと忙しく、今もアドリエルルの湖のほうへ出かけている。

もうすぐ湖上の都市アセルスハイネで三年に一度催されるお祭りの時期。

これは巨大湖アドリエルルに対して、人々が永く友好関係を続けていこうという意思表示をするための儀式でもある。

本番当日には数十隻の大型船がアドリエルルに浮かべられ、そこで音楽とお酒が奉納される。

今年はそれに新しい企画が持ち上がっている。アドリエルルの湖底の女王の精霊一族が、ほんの少しだけ参加してくれるのだ。

ノームンはその実行委員長にもなっていて、それで最近は慌ただしく準備に追われている。

アドリエルルの守護聖牛である白い水棲の牛達も、今回はほんの少し姿を見せてくれるとか。最近ではよく我が家の庭でノームンと遊んでいる姿を見かける。

今の体制になってから制定された精霊区は、結局三か所になった。そしてその中で最も順調なのはここ、アセルスハイネかもしれない。あとから加えられた場所なのにもかかわらず。

この区域に人間以外で棲《す》んでいる主な種族は、アドリエルルの湖底の女王の一族で、湖の精霊ナイアード達だ。もともと人間の姿に変化するのが得意だというのも、上手くいっている理由のひとつだろう。

歴史的に見ても、守護聖牛伝説が残っている町だから、人間達にとっても印象は悪くない。

最近では、守護聖牛の姿を見たという者の数が増えてきたらしい。

今現在、精霊区の監理局にはアセルスハイネの私の屋敷が使われている。精霊も人間も心地よく過ごせる場所というのが、結局この屋敷をおいて他にはなかったからだ。

この監理局に参加しているのはウンディーネ、シルフ、ナイアードのそれぞれの代表。それから人間側はトゥイア王国の貴族の生き残りの一部と、ヴァンザ同盟の幹部達。

ただし旧貴族達はもう領主ではなく、現在ハイラスさん達と個別に交渉中で、あくまで各地域の管理業務のトップというような役職になる。

元王立騎士団の人達も似たような状況で、再編されたトゥイア連合の中で一人ずつ面接を受けて、新たに契約を結んでいる。もちろんこれを嫌って他国に流れる人だっているけれど。


時が経つのは速い。

慌ただしい日々の中、アセルスハイネの水の祭日の本番がやってくる。

今年、祭主を務めるのはスース様。そして今日のこのお役目を最後にして、表に立つ仕事からは身を引くとおっしゃっている。

元貴族子弟の子供達が暮らしている修道院で、彼らの生活を支えるお仕事に専念されるようだ。

本当は今回のお祭りのお役目も辞退なさろうとしていたけれど、使い魔黒猫のジルが、どうしてもこの儀式にだけは最後に参加してくれと言い張って、この日がやってきた。

遥か昔からスース様と一緒にいるジルは、今日もスース様の傍《かたわ》らにいる。

賑《にぎ》わう町。港にも大勢の人が集まって、花火が打ち上がり、祭典は始まる。

無数の魔法の光が青空と湖面を彩り、飾り立てられた数十の大型船がアドリエルルをゆったりと進む。祭典はつつがなく進められていく。

町の中、水路にも河にも小さな白い舟が集まり、花で飾られ華やかに彩られている。

この水の祭日のフィナーレは、アドリエルルに浮かぶ船の上で祭主の指揮によって打ち上げられる清めの魔法と水の花火、踊りと歌の奉納によって締めくくられる。これまで長い間、これがお祭りの終わりの合図だった。

けれど今年はこれに、アドリエルルの精霊が参加する予定になっている。

多くの人は、精霊が参加するらしいという話だけは聞いているけれど、実際に何が行われるかまでは分かっていない。

そして、大勢の人達が見守る中、水棲牛を従えた湖底の女王の姿が、湖上の霧の向こうに朧気《おぼろげ》に見えた。

観衆はどよめき息を呑んだ。人によく似ていて、けれど決定的に何か異質の存在だと感じさせる姿だった。私はここまでのお話は聞いていたのだけれど……

今年、その傍《かたわ》らにはもうひとつ別な人影があった。

その美しくも厳かな女性の姿は、この場にいる多くの人間にとってはなじみのある姿だった。

トゥイア王国の人間なら誰もが一度は見たことのある歴史画、そこに描かれた初代様の姿。

今、民衆の前に現れたその女性の姿は、まぎれもなく、トゥイア王国の初代様そのものだった。

静まり返った会場。

やがて声とも言えない声が、耳ではないどこかを通して、人々の中に伝えられた。

『トゥイアの民に、祝福よ在《あ》れ』

今は滅び去ってしまったトゥイア王国の初代女王陛下は、水柱の杖を振り、七色に光る祝福の雨を大地に振りまいた。これはまるで涙のようでもあったと、このとき居合わせた人々は思ったという。

そして、霧が湖面から遥か上空へと向かって高く舞い上がり、初代様の姿は光の中へと消えて天に昇った。

全てが終わったあと、祭主を務めていたスース様の杖には、祝福の光が灯っていた。

こうして新たな年を迎えたある日のお祭りは終わっていった。


杖の光はいつまでも消えることなく、永く永く燃えていた。

スース様はこの日を最後にして公の場を離れて隠居された。

古い修道院を改装して、そこで身寄りのない子供達を育む。ときおり私のところへは遊びに来てくれたし、私もよく子供達と一緒に遊びに行かせてもらった。

やがて、ヴァンザからも支援を受けたこの施設は、大きく変貌《へんぼう》を遂げていった。身分を問わず誰もが門を叩く、大陸でも有数の魔法大学へと。

とある赤ん坊は成長して数奇な運命をたどり、若くして初代の学長に選出された。ただし、それはまだもう少し先の話だけれど。

○パーティーの日

お祭りの後片付けも終わった頃。久しぶりにゆったり楽しく過ごす休日。

庭に出て皆で昼食。

今日は身内だけの軽いパーティー。だったはずだ。

それなのに、この日、なぜか、突然。

ハイラスさんが私の目の前で転んだ。いや、それは本当は転んだのではなくて。

跪《ひざまず》いたようにしか見えなかった。片方の膝をついていて、私を見つめていて。

「リーナ様。どうか私のこの告白が貴女に届きますように」

彼はそんなことを言い始めたのだ。

私は目をまんまるにする。どうしよう、大変なことになってしまっている?

そんな気がする。気がしてならない。

慌てる私。けれどハイラスさんはおかまいなしで言葉を続ける。

「リーナ様。貴女のことをお慕い申し上げております」

は、始まってしまった? それは確かに始まってしまっていた。

左手を胸に、右手をこちらに向かって差し出していて、言葉は紡がれた……

「ああリーナ様。私は打ち明けねばなりません。貴女のことが好きですと。こう告白せずにはいられません。もしも私がヴァンザの全てを捧げたとて、貴女への気持ちにはまだ足りません。もしもひとつの国を捧げても、貴女の価値にはけっして見合わないのです。

けれど、リーナ様はそんなものには目もくれない。だからこそ貴女はどこまでも美しい。私にはそう思えてなりません。貴女に差し出せるほど価値のあるものを私は持っていないけれど、全てを捧げましょう。せめてどうか、私の愛を受け取ってください。私は貴女に、結婚の申し入れをいたします」

私は唖然《あぜん》としていて、周囲の皆さんもまた、唖然《あぜん》としていた。

静寂を破ったのはノームンだった。アースゴーレムの姿を借りて、頑固《がんこ》親父のような台詞《せりふ》を口にした。

「おい、おいおいおい、いきなり何を！　俺は絶対に認めないぞ。そもそもリーナにはまだ早すぎる！　早すぎるぞ‼」

「まあまあノームン。ワシはいいんじゃないかと思うがのう。似合いの二人じゃないか。それにのう、こういうものは下手にこじらせるとあとが厄介《やっかい》になるって面もある」

賢者スース様はまるで優しい母親のように目を細めていた。

落ち着いて考える私。ええと？　今何が起きているのかといえば、そう私がハイラスさんから愛の告白をされ、そのうえ求婚もされているのだろう。困った、どうしたものだろうか。

「確かにハイラスという男は人間の中ではいい男のほうだろう。だけどな？　求婚するには早くないか？　焦りすぎだ。もう少し互いのことを知ってからだなぁ。上級精霊なら一般的に、知り合ってから百年くらいはじっくりと相手を見定めて……」

ノームンという精霊はときおりこうして、父親代わりのような忠告をしてくれる。見た目は弟にしか見えないのだけれど。

「そうだな。ワシとしても、二人が婚姻で結ばれるのは大歓迎。そうなれば祝いに飛竜騎士団で天空パレードを催してやろう」

お次は竜大公バジェス様だった。いったいなぜこんなことに。今日は近親者だけの気軽な食事会の日だったのに。

ようやくトゥイア連合も、精霊区も少しは落ち着いてきたからと、久しぶりのゆっくりと楽しい日を過ごすはずだったのに。

思っていたよりもたくさんの人や精霊が集まっているし、ハイラスさんは何か言い出すしで私は大慌てだった。

この事態の中、屋敷の門をくぐってさらにお客様が増える。ハーナンが応対する。向こう側に見えるのはフィニエラ・デルビンさんだった。

なんでも、これから未開領域への旅立ちを予定していて、その準備のためにここへ足を運んだのだとか。何名かのお弟子さんも連れていて、中には魔力の高い方もいらっしゃ

る様子。

旅のために雇った冒険者の方も一緒にいらっしゃった。

「これはいいところに来た。ではウエディングドレスは我が工房からの贈り物にしましょう。法王猊下《げいか》の魔法衣をこえるような格調高いものを、工房の全力を挙げて作らせていただきますよ。ねえ皆さん」

「「「はい、お任せください」」」

「ま、待って。ええとありがたいお話なのですが、それはちょっとウエディングドレスとしては格調が高すぎて……いやそもそも、それ以前にまずは気が早すぎますフィニエラさん。まだ何も決まっていません」

「いいえいいえ、今からでも遅いくらいです」

なぜ、なぜ皆さんそんなに気が早いのだろうか。私ばかりが激しくおいてけぼりになった気分だ。私はハイラスさんに向き直る。

「まずハイラスさんも、よおく考えてください。私ではきっと、また困らせることばかりですから。きっともっと素敵な女性が、他にもたっくさんいますから」

「なるほどそうですか……では伺《うかが》いましょうリーナ様。この世の中に、他に貴女のような女性がいますか？」

「それは、こんな変な女はあまりいないかもしれませんが。もっと素敵なレディは他にはたくさん――」

「いいえ、いません。いませんね。貴女ほどの稀《まれ》な宝は、世界中のどこを探したって存在しません」

「世界中って、まるで見てきたようなおっしゃり方です」

「ええ、見てまいりましたとも。今や私の世界の全ては、貴女だけで形作られているのですから」

「もう意味が分かりませんよ、ハイラスさん」

ハイラスさんは熱っぽい目をしていて、まったく話が通じない。私は焦りを募らせた。

そして、うんうんと微笑ましげに主を見るのはバスティアノさん。あなたの主が暴走してちょっとおかしな感じになっておりますよ。

「我が主はもとより直情型でございます。理性的な判断と、曲がることのない情熱が織り交ざった人物でございます。愛すべき人を見て、微笑まないでいることができない方。男としても一級品。わたくしのほうからも、お勧めさせていただきます、リーナ様」

はあ、もうだめだ。この場は私の手に余る。かつて出会ったどんな難事よりも手ごわく感じてしまう。そんな私がいた。

「リーナ様。どうか私と生涯を」

う〜、う〜〜、う〜〜ん。

考えてみると私という人間は、これまで一度だって面と向かって愛を告げられたことなどないのだ。過去の婚約者なんてアレだった。まともな会話すら交わしたことがないような相手だった。

けれどそんなことはおかまいなしで、とにかく今はハイラスさんが私の前で跪《ひざまず》いてしまっている。

何かしらお返事をしなくては、この場が収まらないのは明らかだった。

「と、とりあえずお友達から始めましょう？」

う〜ん、う〜ん、う〜ん……

「と、友達ですか？」

私の言葉に、ハイラスさんがきょとんと目を瞬《しばた》かせる。

いやいや私よ。友達って。では今まではなんだったのか。もちろん気軽に友達と呼べる間柄ではなかったけれど、今さら友達になりましょうと申し出るのもおかしな話だ。

「ああ、ええと、友達よりは少しだけ仲のいいというか、進展した形の友達というか」

「分かりました、リーナ様。それではぜひとも進展いたしましょう。このハイラス、必ずや進展させてご覧にいれます」

「え、ちょっと、そんなに力を入れられるとなんというか、困るというかなんというか」

私はたじたじだった。なんだか言葉すら上手く出てこないほど。

「よしっ、とにかく話は決まったな。祝言だ祝言だっ！　飛竜騎士団を呼んで参れ！　パレードを始めるぞ」

「黙れドラゴン馬鹿め！　まだ友達になったばかりだ。ようやく今から友達だ。この俺が正式に認めるまでは、結婚、婚約はおろか交際すら認めんぞ！」

「まあまあノームンさん。精霊と人は違いますから」

この場には当然、精霊達も姿を現してしている。実体化して人と交流ができるレベルの精霊達だ。ノームンは大河のウンディーネの長老衆に取り押さえられていた。

アドリエルルの湖底の女王は、ノームン自身に縁談の話を持ち掛けていたけれど、本人にはその気がなさそうだ。

一連の騒動が終わってから、私はハイラスさんと庭を歩き、落ち着いて話を聞いてみた。これもいつものように、何か用意周到な計画があってのことなのかと。

彼は応えた。これには計画も何もありませんよ、と。

ただ、今日も貴女の笑顔を見ていたら、つい気持ちが昂ぶってしまって、自分も笑顔になっていた。あとは思いのままに行動しただけ。だそうだ。

ヴァンザの盟主とは思えないような愚直でまっすぐな求婚だった。

もう、ハイラスさんて、馬鹿なんじゃないかと思うほど。

ハイラスさんにこれほど困らされたことは初めてだ。

けれど、たぶん、私も周囲の人達も寿命は長めなのだし、急ぐ必要はないのではとも思える。ちょっとずつちょっとずつ、私の、私達の道を。

○エピローグ　リーナ・シュッタロゼル

ひとつの物語は結末を迎え、また新たな物語が紡がれていく。

彼女にとって、ここまでの話はほんの始まりの出来事。ここから始まり、長く長く続いていく。

この世界にはかつて多くの英雄が生まれ、過ぎ去っていった。リーナは、彼女自身がいなくなったあとの世にまで及ぶ大望を見据えて戦いを始めた。

アドリエルルの麗人皇帝リーナ・シュッタロゼル。

この時代から僅《わず》かばかりあとのこと。大陸の人々は彼女をこう呼んだ。実際のリーナは帝位や王位どころか、実質的な政治権力など持とうとはしなかったにもかかわらず。

リーナは初めの数年を精霊守《も》りとして過ごしたのちは、表舞台からは姿を消し、アセルスハイネの小さな魔法薬店の店主として過ごした。

やがて実子も生まれたし、それ以外の子供にも恵まれた。平和な家庭も築き、彼女の望んだような平穏な時間も過ごした。

それでも、彼女にまつわる噂話や逸話はいつまでも絶えることがなく、いつの間にか彼女はこの地域で、麗人皇帝とまで呼ばれるようになっていた。

同時に巨大湖アドリエルル周辺での彼女とその仲間達が作り出した勢力圏は強大なものになっていた。むろん誰もが再び困難に襲われることもあった。

ここに残った者達は、その多くが歴史絵巻の中に燦然《さんぜん》と輝く星だった。それは同時に、激しい時代の渦《うず》の中で生きることを余儀なくされる運命をも意味していた。懸命に生き、戦い、そして長く幸福な時間にも包まれて暮らした。

リーナ・シュッタロゼル。彼女には未開領域の恐ろしい竜すらもが手なずけられたという。

あるいは、大河やルンルン山脈、巨大湖の底の人ならざる支配者に通じ、アセルスハイネとトゥイアとヴァンザの富を湧き上がらせる一人の女性。それでいて表舞台に姿を見せない。

彼女はただ一人の薬士としての矜持《きょうじ》を守って生きた人物だったが、そんな姿はかえって多くの詩人に影響を与えた。

やがていくつもの物語の題材にされるようになり、以後、永らく大陸の人々の伝承に語り継がれていった。

番外編

法王領の娘

この先はリーナ・シュッタロゼル自身の物語ではないが、同じ時代の別な場所、彼女と時間をともにした娘の話。法王庁の歴代聖女録にも残る一人の女の物語。

リーナが暮らしたアセルスハイネから飛竜に乗って北東へ飛んだなら、丸一日ほどで法王領が見えてくる。聳《そび》え立つ大神殿。大陸における宗教機構の中心地——


彼女はそこで、ただ待たされていた。

ある男から結婚の申し込みがあって、承諾して、それから早くも三年半もの月日を待たされていた。いつまで経っても、約束は果たされる気配もない。

中位神官の家に生まれた娘、名はノエラ。法王領のはずれに住んでいた。

彼女の家は、かつて曽祖父の代には枢機卿にまで上りつめた家系ではあるけれど、今に残るのは家格だけ。

一人親の父はただ真面目な聖職者として働き、庶民よりも貧しいくらいの暮らしをしていた。

家の中も外も質素そのもの。人によってはみすぼらしいと感じるだろう。あるいは落ちぶれた家だと思う者もいるだろうか。

ただ部屋の片隅には、銀貨をしまった箱がひとつだけ、厳重に保管されているばかり。一人娘の結婚の持参金にと苦労して捻出したものだが、今のところは出番がなさそうだった。

それ以外に部屋の中にあるものといえば、粗末な木のサジや器など。ごく限られた生活道具くらいだろうか。

「それでノエラ。彼の手紙はなんと言ってきているんだ」

「お父様、気になさるほどのことではありませんわ。いつもと変わりはないのですから。三年と半年、これまでに何度も読まされてきた内容のとおりです」

娘の言葉に白い法衣が揺れた。穏やかそうな父親の瞳の奥には、パチパチと爆ぜるような火の揺らめきがあった。

「気にしないわけにはいかない。責任の一端はこの父にある。お前の幸せを願って、これほどの良縁はないと思ってのことだったが、いったいなぜこんな事態になってしまったのか」

父親は頭を悩ませていた。

父一人、子一人。たった一人の愛娘の結婚相手として選んだ男についてだ。

この婚姻の申し出を先方から聞いた当時の彼は、これほどの良縁は二度と望めまいと確信したものだった。間をおかずに正式な婚約が交わされた。

けれどもそれから、日一日と時は流れるばかり。

相手方から希望してノエラを求めてきたというのに、いつまで経っても、なぜだか先方の男は重い腰を上げようとはしない。

今日のようにときおり手紙を送ってくるだけ。そこには職務の多忙だとか、準備をしているところだとかが、毎度同じような文面で書いてあるばかりだった。

具体的にいつ迎えにくるのかという話題にいたっては、まるで禁じられた呪いの言葉であるかのように封じられていた。

相手の男は力ある聖騎士の一族だった。名はサンス。

いっぽうで婚約の話が出た当時のノエラは、聖女候補として修養の道を歩んでいるところだった。

二人は言葉も交わしたことのない間柄だったが、しかし、ノエラが聖女修行の一環で聖騎士団の演習に加わったことがあって、ともかくそのときに見初められたらしい。

ノエラにとっては、どこでどう見られていたのかも覚えていないような状況だった。

相手は有力な聖騎士団の総長の嫡男らしかった。少なくとも簡単に断れる相手ではない。

この一族は法王庁にも強い影響力を持っている四騎士家のひとつ。

本来なら今の彼女と釣り合うような立場の人間ではなかったし、相手が本気を出せば、当たり前のように聖女候補としての将来も泡沫《うたかた》と消え去るだろう。

悪いようにはしないから黙って嫁《とつ》いでこい。そうはっきりとは言葉にしないものの、無言の圧力は確かにあった。

そのいっぽうで婚約の条件は破格でもあった。本来必要になる花嫁道具や持参金は、一切なくともかまわないとすら言われていた。

ノエラは貧しい暮らしの中で実直に暮らす父の姿を想った。娘は父を想い、父は娘を想って、ノエラの婚姻は約束された。

それにこの頃のノエラの前にあった聖女としての道。これはほとんど実現不可能なほどに遠く険しいものになっていた。

彼女は才能豊かな娘だった。幼い頃から父に教わってきた聖職者としての教養と、生まれ持っての素養は他の候補者達を凌駕《りょうが》していた。それを見込まれて、将来の聖女候補者として法王庁から抜擢《ばってき》され、この道を歩んでいた。ただ問題があった。

彼女の素養も能力も確かに高かったのだが、それはけっして、並み居る有力な高位聖職者の娘達の、身分や財力という壁を越えられるほどではなかったのだ。

倍の才能と倍の努力をもってしても、数十倍の財力と身分の違いが険しく立ちはだかっていた。

ただ修養の道を進もうとするだけで、それにかかる金銭的負担は少なくない。

自分の将来のために父親を犠牲にしている。ノエラの心の中にはそんなトゲが刺さっていた。

「では行ってまいります、お父様。今日の帰りは遅くなると思うけれど心配なさらないで。ちゃんと向こうの方に送っていただけますから」

ノエラはそう言って今日も出かけていった。向かう先は聖女候補時代に縁のあった貴族の屋敷だ。

そこで給仕の手伝いもしながら、花嫁修業を兼ねた仕事をさせてもらうためである。

かつてノエラの前にあった聖女候補者としての道は、婚約を決めた今は完全に閉ざされている。

この頃の法王領では、聖女になる者には正式な結婚が認められていなかったからだ。一般聖職者達には結婚も出産もある程度認められていたけれど、法王と並ぶ存在ともされた彼女達は違った。少なくとも公式の結婚は許されない立場にあった。

こうして一日は過ぎていく。

そんなある日のこと。その日は家の中にいて、溜まった中途半端な文面の手紙を始末していた。

突然ノエラの名が、彼女の家の外から高らかに呼ばれた。

「神官の娘ノエラに告げる、急ぎ法王庁、創世の大神殿へと参られよ」

法王庁からの呼び出し。聖女候補だった頃ならばともかく、今になってなんの用事だろうか。

訝《いぶか》りながらもノエラは久しぶりの大神殿へと向かった。

短くはない距離を歩いて進む。

「いったい何があったのです？」

「なに、たいしたことではない」

ノエラの問いかけに使者は歯切れの悪い言葉を返した。

それでも道中は長い。断片的な返答をつなぎ合わせると、なんでも高名な魔法衣作家が来訪しているから、彼を迎えるための準備を手伝うようにという話になった。

しかし、まだこれは本意ではないとノエラは感じ取っていた。

法王庁とは何よりも体面や威厳を重んじる。威厳の総本山のような場所なのだ。そんな彼らの歯切れが悪い。つまり何か不祥事でもあったに違いないと彼女は察していた。

結局のところ、呼び出された理由はこうだった。大陸一の魔法衣作家フィニエラ・デルビン氏が新作を持って訪問し、そして激怒したらしい。

彼が過去に製作して法王庁に納めた魔法衣があって、その管理がまったくなっていない。こんなことでは自分の作品は渡せないと断言したらしい。

もちろん激怒したとはいっても、実際には声を荒らげて悪態をつくようなまねをしたわけではなかった。ただ一言、「これでは今後は作品をお譲りできません」とだけ言ったにすぎない。

それでも法王庁の担当者達は肝を冷やした。

自分達の最上位に君臨している法王が、どれほどの労力をはらってこの天才の作品を手に入れようとしているかを知っていたからだ。

「では、その処理と対策のために呼ばれたということでしょうか」

「そうなるな。他言は無用だぞ。ともかく大至急でデルビン氏の納得する管理設備と体制を整える必要がある。聖女様方の中から一人、新たにそのお役目の長についていただく必要もある。あるいは今の候補者の中から誰かが選ばれるかもしれない。なんにせよともかく急な話で空いている手は限られているが、これも聖地を守護する神聖なお役目だ。貴女も今こそ奉仕のときと思って励むように」

そうして大神殿に到着してみると、そこはいつものように荘厳で静謐《せいひつ》で穏やかな空気に包まれていた。ちょうど昼どきを告げる鐘の音が、内部の混乱を隠すように響いていた。

さてノエラはかつて聖女候補に選ばれていたわけだが、それはつまり、かなりのエリートということでもあった。どうやら今回は緊急の難仕事だったから、暇そうな高等人材を呼び出した。それだけの話らしいと分かってくる。

彼女はほっと胸を撫で下ろした。

今回の仕事はあくまで臨時のお手伝い。大事だったらどうしようかと思いながらここまで来たが、彼女に任されたのは裏方の地味な仕事であった。

ノエラは結界術や付与術にも長《た》けていたから、そのあたりの仕事の手伝いを命じられた。

いっぽう彼女が呼ばれた建物の隣にある礼拝堂では、有力な後ろ盾を持った現聖女候補の令嬢達も大勢集められていた。そちらでは新しいポストを巡っての争奪戦がすでに始まっているようだった。

こうしてノエラが指示された場所へ向かってみると、そこに見慣れぬ青年がいた。

二人は出会い頭でぶつかりそうになる。

「おっと、これは失礼を」

「いえ、こちらこそ。ええと、新しく整備される魔法衣保管室の結界管理部屋はこちらでよろしいでしょうか」

そこは薄暗い小部屋だった。魔導士のローブを頭から被った青年が、石作りの壁に魔法印《いん》を刻んでいるところだった。

彼のローブには、見慣れない術式の印が所狭しと刻まれていたり、織り込まれていたり、刺繍《ししゅう》として繊細に施されていた。

ノエラはそのあまりの精緻さと、まるで子供の遊びのような実験的な仕上がりに目を奪われた。

なるほど、どうやらフィニエラ工房で働く魔法衣作家の弟子の一人らしい。

二人はこの小さな密室に押し込まれるようにして、ともに仕事をすることになった。

真面目な二人の若者は、ただ黙々と任せられた仕事をこなし、そして一日が終わりに近づく。

夕暮れどきを過ぎて、ひかり石に火が灯されて、仕事はさらに続けられた。遠くからは、相変わらず喧騒《けんそう》が聞こえている。食事が運ばれてきて、二人は一度手を止めた。

ノエラは食事の前に、ポケットから浄化の力が込められた布の切れ端を取り出し、手や周囲をさっと清めた。

「お食事をいただきましょうか」

そう声をかける。しかし青年の視線は、食事のほうからは奇妙に外れていて、ノエラのポケットに向いているようだった。

「今のハンカチ、少し見せていただいても？」

青年に尋ねられたが、ノエラは正直なところそれを拒みたかった。

まず今の布きれは、ハンカチなどという上等なものではなかったからだ。古くなって破れた衣服の切れ端だ。それに裁縫の練習がてら刺繍《ししゅう》を施しただけのもの。しかも、刺《し》繍《しゅう》には浄化の魔法を付与してあるが、相手はその道のプロなのだ。

素人が花嫁修業の一環と、ほんの遊びを兼ねて作ったものを見せる気にはなれなかった。

それでも青年があまりにもしつこく求めてくるから、何も見る価値のあるようなものではないと前置きをしてから手渡した。

「ただの浄化の印です。珍しくもないでしょう?」

青年は黙ってぼろきれを眺めていた。明かりに透かし、まじまじと。

「確かに浄化印ではあるけれど……そうか、ここだ、ここが違う。そのせいで百分の三ほど小型化されているのだ。それでこんな小さなスペースに見事に収まっているのです」

青年は、自分の頭の中に浮かんだちょっとした謎が解けたことに酷く喜んでいるように見えた。

「さあ、そろそろ返してください。ほんの手慰みの児戯ですから、フィニエラ工房の方にそうしてまじまじと見られては恥ずかしくていられません」

「何をおっしゃるんです、ええと……」

「ノエラです」

二人はここにきて、初めて互いの名前すら教えあっていないことに気がついた。

「ノエラさん、これはきっと我らの工房主も興味を持たれると思いますよ。そしてお喜びになるでしょう。今回の候補者の中に、このような方がいらしたことを」

随分と頓珍漢《とんちんかん》なことを言う青年だなと、ノエラはこのとき思った。

候補者というのは、新しく創設される魔法衣および魔導具の管理局長のことだ。聖女様のどなたかか、今の聖女候補の一人から選ばれるという話になっている。

そんな局長候補者が、こんな場所でこんな地味な仕事をしているはずがない。そういう人達は今ごろ礼拝堂のほうにいて、それに相応しい儀式でも執り行っているのだ。

彼女はその場で伝えた。自分はただの手伝いで来ただけなのだと。

青年はそれでも推薦だけはしておくと言ったが、ノエラは答える。

そもそも自分には資格がない。婚約者がいるから、聖女にも聖女候補にもなる資格がないのだと。

「婚約者……ですか……」

青年はただそう言って、ひかり石に照らされたノエラの横顔を見つめていた。

こうして始まった二人の仕事は、そのまま数日続いた。礼拝堂のほうでは局長となる聖女の選出手続きが進められる。数日経ち、そのどちらもが滞《とどこお》りなく終えられた。

結局このときのノエラの仕事はそれなりに評価された。しかし彼女にとってはあまり意味のないことだった。

最後の仕事を終えたノエラは、大神殿の廊下をコツン、コツンと歩く。窓から外を見れば、壮麗な礼拝堂の前に人だかりができていた。新しく選ばれた聖女様の就任式であるらしい。

彼女はその場をあとにした。

「ノエラ、ここにいたか。次の仕事を頼まねばならん」

あまり歓迎できない言葉が彼女を待ち受けていた。またしても急ぎの仕事があるらしい。

今度の件は、法王猊下《げいか》からの勅書《ちょくしょ》を届ける一隊に、聖職者として同行する仕事のようだった。

代表者は法王領南部を統治する枢機卿の正妃であるエイヴィ・エイデュラム。

届け先は彼女の実の妹であるヴィヴィア王妃。

今回の件。ノエラにとっては本来あまり関わりのない話だった。けれども、なぜかノエラが名指しで呼ばれているらしい。

「これまでの仕事が評価されてのことだろう」

この話を持ってきた上位神官の一人はそう言った。ただしノエラにはそうは思えなかったのだが。どうも胡散臭《うさんくさ》い匂いが感じられてならない。

そして最後にもうひとつ情報が付け加えられた。護衛を担当するのは聖騎士団。

それを指揮する隊長は、ノエラの婚約者であるサンスだった。

断ってもよかったのだが、彼女は結局これに参加する。

何せ普段は手紙のやりとりだけで、ほとんど直接会う機会も得られないのだ。

この機会に話ができるのならば、婚約の考え直しを申し入れよう。ノエラはそう考えていた。

理由も分からずいつまでも宙ぶらりんのままに置かれるのは、彼女にとってありがたくないことだった。

まったく、この年はノエラにとって災難な年だった。

こうして参加した行軍は、無事に目的を果たしたあとに、法王領の近くまで帰ってきたのだが、その間、婚約者であるはずの聖騎士サンスは彼女と目を合わせることすらしなかった。

もちろん会話の機会など一度も与えられなかった。ノエラにとってみれば、わざわざ参加した意味がほとんどなかった。

そのかわり、ひとつだけ分かったことがあった。なぜ自分がいつまでも待たされているか、それだけは分かった気がした。

かの婚約者には別に想い人がいるらしい。想い人というよりは、恋人が。

ノエラとの婚約は彼の家の者が決めたことで、本人は望んでいないという様子だった。

騎士家の人々としては、優秀な聖女候補だったノエラを嫁に迎え入れたかったらしい。しかし嫡男殿には恋人がいた。それだけの話だったのだ。

それにしても恋のお相手がエイヴィ・エイデュラムだったというのは意外だった。この行軍の代表者、そして枢機卿夫人。そう、法王領南部を治める枢機卿の奥方ではないか。人妻だ。しかも高位聖職者の妻だ。

政略結婚の多い上流社会では、『真の恋は婚姻の外にこそ存在する』などと言う者も少なくはない。珍しい話ではないのかもしれない。しかし自分がそんなものに巻き込まれてはたまらなかった。

正式に断りを申し入れよう。そう思った矢先。

その枢機卿夫人エイヴィからの呼び出しがかかった。

星の見えない夜。法王領への帰路。呼び出され、そして告げられた。

二人の婚姻を阻んでいたのは自分だと。だが、それはもうやめることにしたのだと。

エイヴィはそう言った。

「今晩は二人を祝福するために、私は貴女を呼んだのよ。私は今とっても気分がいいの。妹のことも愉快だったし、本当に楽しい旅になったから」

エイヴィは暗がりで微笑む。言葉を続ける。

「祝福するわ。貴女を。代理の花嫁として祝福する」

代理の花嫁？　どういうことかと考えを巡らせるのだが、その間に、ノエラは数名の騎士の手にかかって囚われていた。

いったい何事かと問いかけ、なんの咎《とが》があってこのような扱いを受けなくてはならないのかと問い質す。

「何も、罪なんかじゃないわよ。ただ今晩これが貴女の結婚式なのよ。私が決めたの、私が取り仕切ってあげる、何もかもね。このあと貴女は小さな塔に幽閉されて一人で一生を過ごす、そこが新居。聖騎士サンスは、これまでどおり私のおもちゃなの。おめでとう。これから貴女は窓もない塔の中で一人暮らすのよ。なんて甘い新婚生活。羨ましいわ、本当に」

今暗闇の中には、見知らぬ神官と、聖騎士サンスがいた。

誓いの指輪が用意され、サンスの手へ、そしてノエラの指へはめられようとした。

なんて災難な日だろうか。ノエラはすっかりあきれ果てていた。よく知りもしない相手となんて結婚を考えるものではない。随分と時間を無駄にしてしまったように思えた。

そう思いながら、彼女は光の印を使った目くらましを発動させた。それからサラリと騎士の手から逃れ、陣からも脱出し、夜の森へと抜け出ていった。

彼女はこれでもかつてはエリートひしめく聖女候補者の筆頭格だったから、多少は危険に対応する心得もあった。

そのうえ、あらかじめ胡散臭《うさんくさ》い気配は感じていたから、何かが起こったときのために準備もしていた。

しかし今回の場合は、また別の幸運が彼女を守っていた。

少し前に知り合った若い魔法衣作家から教わったいくつかの魔法印。

二人で過ごした仕事の合間の食事の時間。

二人は遊びも兼ねて、そして彼女がもしも危険な事件に巻き込まれても心配のないようにと、ローブの裏に無数の魔法印を縫い付けていた。

彼女がいつも使っているローブだった。目くらまし、縄抜け、毒避け、麻痺《まひ》耐性、反射結界、その他諸々。

幸運にもこのときは、あまりに準備が整っていたのだ。

ただそうして逃げ出せたとはいえ、まだまだこのあたりは見知らぬ土地だった。

ここから一人で帰らねばならないのには憂鬱《ゆううつ》な気持ちにさせられた。相変わらず、酷く災難な日であることに変わりはなかった。

暗い森の中を彼女は歩いた。

ふと、ポケットの中が気になった。

あの青年が贈ってくれた美しい刺繍《ししゅう》入りのハンカチだった。

婚約者との関係がどうのという話が出たあと、確かその数日後に受け取ったもの。愛を成就させる御守りだそうだ。心を込めて作ったと。

そんな術式は聞いたこともなかったから本気にはしていなかった。

けれど……やはりこれには効果がないらしい。今日は酷い日だった。

家への帰り道は遥かに長い。そもそも無事に帰れるのだろうかと、不安な気持ちにもなる。

あのとんでもない二人からの追っ手が来るかもしれないし、森には魔物も棲《す》んでいる。

帰り着いたところで騎士団からの扱いはどうなるのやら。考えるほどに憂鬱《ゆううつ》が溜まる。

そう思いながら、出会う魔物にも対処しつつ一人歩いた。すると……

「あら、なぜこんなところに」

「おお、何かあったのではと思い助けに参りましたが、どうも不要だったようですね」

目の前には、なぜかあの魔法衣作家の弟子がいた。助けに来てくれたらしい。

どうも胸騒ぎがしてならないからとノエラのいるはずの方角を見つめていたら、森の彼方に僅《わず》かな閃光が見えたと言う。二人で施した目くらましの印の光だと分かったらしい。

「よく見えましたね」

「見えた、気がしたのです。気のせいだったらそれでかまいませんでしたし」

ノエラはなんだか嬉しくなって、うつむいた。

この真面目な男は、今日のノエラにおきた一連の話をよく聞いてから、彼女を抱きしめた。

そんな男よりは自分のほうが少しはましだと言って。

ノエラはなんだか可笑しくなって、涙がこぼれた。

ポケットからハンカチを取り出すと、もしかしたらこれは、本当に愛の御守りだったのかもしれないと思えた。

それから二人はこのハンカチをあらためてつぶさに観察したが、魔法学上の新たな発見はなく、分かったのは、ただただ青年が愛の想いを込めて刺繍《ししゅう》を施したという事実だけだった。

二人は夜の森を帰る。

「ノエラさん。考えてみれば貴女は、私のような作家風情よりも遥かに強い方でしたね、無用なことをしてしまいました」

男はそう言ったが、

「いいえ、これほど嬉しいお迎えはありませんでした」

ノエラはそう答えた。

彼の来た道からは、工房の人達も数名追いかけてきていた。

どうもその中にはフィニエラ・デルビン本人までもが交ざっているらしい。

意外と弟子思いの優しいおじさんだよとも聞かされる。帰り道では彼女のローブに施された二人の作品群が彼らの話の種になっていた。


数日後。

ノエラは正式に婚約の解消を申し入れた。理由はただ聖騎士サンスには他に想い人がいるようだからとだけ告げて。

その後ノエラが法王庁での仕事に復帰する話が持ち上がる。

これまでも臨時で呼ばれることはあったが、それとは違う正式なお役目だ。どうもフィニエラ・デルビンからの熱心な要望があってのことだったらしい。

それが決まり、今日ノエラは法王庁へ来ていた。

礼拝堂では新設された管理局の開設式が執り行われ、ノエラも役職者の一人としてそこに出席している。

突然、外が騒がしくなった。

「俺は婚約者だ、彼女の婚約者なんだ通してくれ!!」

そんな声が聞こえてきた。かつてのノエラの婚約者、聖騎士サンスの声。いや、このときはもう元聖騎士という立場になっていた。

男は実父からの激烈な怒りを買って、騎士団から追い出されていた。

ノエラは詳しい話なんてしなかったし、彼と恋人の話は公にはなっていなかったが、ともかく現聖騎士団長である父親は、自分の後継者を彼から次男のほうへと変えたらしい。

礼拝堂に乱入したその不審者は、悪い女にそそのかされただけなんだとか、そこに座っている女なんだとか色々口にしていたけれど、すぐに捕縛され連行されていった。

今日この場に同席していた枢機卿夫人のエイヴィは、ただ黙ってそれを眺めていたが、この頃から、彼女の運も下り坂になっていった。

公にはされずとも、枢機卿の耳には少なからず情報が入っていただろう。

つい先日までの彼女は、左手に枢機卿、右手に聖騎士団の跡継ぎを抱えている気分でいた。

そのうえ妹ヴィヴィアの件は愉快でならない。何もかもが思いどおりにいくように思えてしまった。

この姉妹はよく似ていた。見た目の華やかさと、性格の派手さと、勝者たらんとする欲求の強さ。しかし、勝者としての道を歩もうとするあまり、かえって失うものがあるということには意識がいかなくなる悪癖があった。

姉エイヴィのほうは妹を見下していたが、結局のところ双子のようによく似ていた。歩んだ道も顛末《てんまつ》も。ただ良くも悪くも、妹ヴィヴィアのほうが鮮烈だった。

対するエイヴィは、このあとゆるやかな衰退の中で命を落とすことになる。彼女にはこの出来事以外にはそれほど大きなエピソードがない。

他人を愚弄《ぐろう》することだけを望んだ彼女は、ただ嘲笑《あざわら》い、そして一生を終えていく。

さて、いっぽうでノエラのその後について。

もともとノエラは実力の面では頭ひとつ抜きん出た存在だった。足りなかったのは資金と後ろ盾。今となっては全てが揃っていた。むろん彼女を推したのはフィニエラ。

かつてノエラは聖女候補者の一人だったが、今では正式に聖女として新設部門の局長にという話にまでなっていた。一度聖女の候補者から外れた者が、再び戻るということからして異例だったのだが。

ただ、ノエラを推す声が高まった頃には、すでに新しい聖女も局長も決まっていた。あらためてどちらかを選ぼうという話にもなったが、彼女はそういうところで無理に前に出る人物でもなかった。

すでに決まった人がいるというのに、それを追い出す気はなかったのだ。これは、何も相手のことを考えてばかりの決断ではない。

並み居る聖女候補達は皆そうだったが、先に局長に決まっていた女性もまた法王庁の中で有力な一族の出身者なのだ。

ここで下手に恨みを買っても得はないと、そう考えていた。

代わりに彼女の行き先は別の場所になった。

結局、彼女の人生はまたひとつ予期せぬほうへと転がっていた。

フィニエラ・デルビン工房へ。まずは研修生として彼らとともに過ごすことになる。その後いずれは二代目の管理局長に就任する予定で、今は管理局長補佐。それで話は決着した。

これらのことは、フィニエラ・デルビンと、その愛弟子が中心となって推し進められ、ノエラはそれを快く承諾した。

旅立ちの日、彼女は父親と長い抱擁《ほうよう》を交わしていた。

「すぐ帰ってきますから、心配しないでくださいね」

「ノエラこそな、こっちのことは心配いらない。しっかり学んでくるんだよ」

傍《かたわ》らにはフィニエラの愛弟子がいて、それからいよいよ出立のときがきた。

フィニエラ・デルビン工房のある町へと向かう。

しかし、どうも彼女の人生は波乱万丈の運命にあるらしい。

「新素材を求めて、いざ未開領域へ。我が工房の進出だ」

未開領域。それは近頃話題の危険地帯。最近になってようやく安定航路が生み出されたばかりだという冒険の地だった。

一行はまずヴァンザ同盟のリーナ・シュッタロゼルのところに顔を出し、そのままアセルスハイネの町で準備を進めるそうだ。

ノエラはあらかじめこの話は聞いていた。それでもあらためて思う。

「危険、ですよね？」

「ああ危険だな、とても危険だ」

工房主は断言した。

弟子達は困り顔。それでも、ノエラの心は新しい世界に向かっていた。

結局あとになって判明するのだが、むしろこれまでの生活のほうが彼女には窮屈《きゅうくつ》すぎたようだ。

聖女ノエラ。その後の麗帝リーナのいくつかの逸話にも登場する彼女。

困難にも直面するが、偉大なマエストロの後継者を非公式ながら伴侶とし、法王庁の歴代聖女録の中でも異彩を放つ存在として、永く語り継がれていった。

書き下ろし番外編

後日譚。麗帝様はいらっしゃいますか。

アセルスハイネに移り住んでから数年。

私リーナは魔法薬店と精霊守《も》りのお仕事に励む日々を過ごしていた。

何かと忙しくもあるけれど、周囲の人に恵まれて、やはり気持ちはいつも温かい。

今日は精霊守《も》りの仕事はお休みだから魔法薬店のほうで、溜まったお仕事をしてしまおう。そう思いながら、店の薬品棚から扱いのややこしい特殊商品を取り出し、品質検査を済ませていく。

元メイドのイヴリスも店内で元気に働いてくれている。彼女は最近メイドはやめて、魔法薬の専門家の道を歩み始めたところ。ことさら張り切ってくれている。他にも手伝ってくれる人は数名いるけれど、まだ他人に任せられないものもある。私はカウンターの内側の机に向かう。

お客様がいらっしゃるとイヴリスが応対してくれるから、私は作業に没頭できた。静かな店内で、カチコチと時計の進む音。

「うぅ～ん、よしよし」

伸びをする。よかった、今日はここまでくれば上出来だ。そう思えるくらいには仕事がはかどり、私は一息ついた。ちょうどそこにイヴリス。

「リーナお嬢様すみません。お忙しいかとは思うのですが、ちょっとお客様が」

彼女にそう声をかけられて店のカウンターの向こう側に目をやると、見知らぬ男性が立っている。

まだ若そうだが、悲壮感が目のあたりに滲んでいて、疲れて見える。さてどんなお薬をご所望なのか伺《うかが》ってみようかと私が近づくと。

「あのすみません店員さん。こちらに……麗帝と呼ばれるお方がいらっしゃると聞いてきたのですが」

「麗帝……ですか、ははぁそうですか」

少しだけ意表をつかれて変な受け答えになってしまう。近頃、噂話好きの紳士淑女が、まことしやかに麗人皇帝なる存在の話をしているのは私も知っていた。

その厄介《やっかい》な噂話の登場人物の一人に、私の名前があることも知っている。ただこうして店に直接尋ねてこられたのは初めてだ。ましてや明らかに疲れた顔をしている男性だったから、そんな噂話は頭になかった。面食らったような私の様子を見たせいか彼は言った。

「やはり何かの間違いでしたか？」

「間違いは間違いというか、そもそも麗帝だとか麗人皇帝などという人物も役職も、架空のものかと思いますが」

「そ、そうですか……。やはり。ここまで来たが無駄だったか、クソ、俺はまったく役立たずな男だ」

眉間の皺が一層深くなり、何歳か老けたようにすら見えた。

「あのう、もしよろしければですが、どんなご用件でお越しになったのか伺《うかが》っても？話だけでも」

「っ!? おお。ではやはり麗帝様が！」

「いやそれは知らないです。ただ何かお力になれることがないとも限りませんから」

それから彼は相談内容を語り始め、早口になり、ヒートアップ。込み入った話になりそうだったので、奥の席へと案内した。

「やはり、『呪い』だと思うんですよ私は。我々の移民町は呪われてしまったのです」

彼はゆっくりと言葉を絞り出す。町が、呪われていると彼は熱弁した。呪いか。

悪い魔術師はそういった術も使うが、使い手の数は限られているものだ。

他の可能性として、質の悪い魔物でも近くに潜《ひそ》んでいるか、あるいは精霊がらみか。

場合によっては、呪いだと思い込んでいるだけで、全然別の問題だってこともある。

彼はどこどこの家の誰々さんが不運に見舞われているとか、畑の作物が全滅してしまったとか、ちょっとした体調不良がどうとか、たくさんの出来事を伝えてくれた。

この男性は移民町の町長の息子さんらしい。

大勢で新しい土地に移って数年。海岸から山に向けて開拓を進めていて、初めは順調そのものだったのが、近頃何かに呪われた。いくつものも問題が町にふりかかっている。

そんな内容だった。

「麗帝様は人の世の理《ことわり》に外れたものでも見通されるとお聞きして、すがる思いで尋ねて参ったのです」

「霊帝様の件はともかく、私どもで対処できることもありそうに思います。一度そちらの町に伺《うかが》ってみても？」

「おお！　それはもちろんありがたい。大歓迎ですよ。麗帝様にゆかりの方に見ていただけるとは」

いまいち噛み合わないところもあったが、とにかくそうなった。帰り際に彼は言う。

「くれぐれも麗帝様によろしくお伝えいただければと思います」

「……」

麗帝様の話は何度も否定したのだけれど、彼は結局最後までそんな調子だった。

店のドアの向こうにこのお客様の後ろ姿が消えてから、ノームンが口を開いた。

『なあリーナ、なんで言わないんだ？　たぶん自分がその麗帝？　ってやつだって』

「ねえノームン。私はそんなのになった覚えはないよ」

『でも世間じゃそう言ってるぜ。勝手に』

私は首を振りながら旅支度を始める。

『で、リーナはなんだかんだ言って行くんだよなあ。まったくお人よしだ。まあそこが好きだよ俺は』

「そんなこと言って、ノームンだって来てくれるつもりでしょ？」

『俺はリーナの護衛をするんだ。だからもちろん行くよ』

ノームンは私をお人よしだのなんだのと言うけれど、現状、これは私にとって大切なお仕事でもある。精霊守《も》りなんてお役目を引き受けてしまっているからだ。何せまだ『呪い』の原因は不明だけれど、精霊が関わっていたら完全に精霊守《も》りのお仕事だ。私が行くのにおかしなところはない。

『で、がんばっちまうからさ、噂が広まるんだよ。アセルスハイネには幻の麗人皇帝様がいて、民を守り、富を湧き上がらせ、貧しい人々にも分け与えるってね。聞くところによると、かの竜大公まで麗帝陛下には上座を譲るらしいな』

　とかく噂話は派手に飾るほどよく広まる。だからなおさらおかしなことに。

　さらに悪いことに、事実、竜大公やヴァンザの盟主や、最近ではフィニエラさんが聖女様まで連れて屋敷に遊びに来ることも増えていて、悪目立ちする要素には事欠かない。

　私が普段やっている薬士や精霊守《も》りのお仕事そのものは実に地味なものばかりなのだけど。

『リーナはあんまり表舞台に立ちたがらないよな。目立ちたがりばかりの人間の中じゃ珍しい』

「いやいやほとんどの人が普通はそうだよ」

『そんなもんかね。まあリーナの場合、目立ちたくないなら何もしないで過ごすしかないけど、困ったことに仕事熱心なんだよな。なんなら仕事馬鹿。こんなんだから男がらみが……。それなのに子育てだけはやってんだからもう。俺としては色々言いたくもなってくるぜ。どうせリーナは寿命長いからいいんだが、相手の男が流石《さすが》にそろそろ俺でも不憫に……』

近頃私に対するノームンのお小言が多い。昔っからお父さんぽい性格のノームンだけれど、その傾向に拍車がかかっている気がする。子供だってもちろん私一人で見てるわけではないし。そんなに言わなくてもとは思う。

「でも仕事はね、私はやりだすと止まらなくなるっていうか、そこはもう性格だね」

今回の件。もし精霊がらみなら、どちらにしろ私の耳に届いてしまう。なら今の時点でさっさとやってしまったっていいだろう。今日の午後ならちょうど手は空いてしまったのだし。

ひとつ問題があるとすれば、場所か。少し遠そうだ。トゥイア国内と言えるかギリギリの場所だ。

あの男性の暮らす移民町はルンルン山脈の向こう側で、大陸西岸エリア。トゥイアがまだ王国だった頃、王都周辺の暮らしの悪化を受けて移住した方々の土地。あのときの冒険者組合の人達が中心になって興《おこ》した町。

私は仕事道具をトランクに詰め終えると、ノームンと手分けして持ち、ドアの外へ。それからシルフの力を借りて飛翔。

西海岸へは通常、巨大湖アドリエルルを新型船で北上するルートが一般的だけれど……。今回はノームンと二人きり、ささっと飛んでいってしまおう。

ルンルン山脈越えでは、たくさんのシルフが暮らす山の麓《ふもと》にも立ち寄って少しだけご挨拶。このあたりの土地、旧ナナケル伯爵領は比較的穏やかに精霊と人との関わりが結ばれていっている。

昔は大変なこともあったけれど、おかげで今がある。年に一度の風祭の準備を進めている人々の姿も見られた。シルフと人のつながりはゆっくりと、少しずつ、今年も結ばれている様子。そうじゃない場所もあるだけに、胸がほっこりとする。

ご挨拶もそこそこに先を急ぐ。山の峠を越えて山肌をすべるように低く飛ぶと、やがて小さな町が見えてくる。近くの森に降りて歩いて町へ。

「トゥイア連合の精霊区で働いているリーナと申します。何か原因不明のトラブルに見舞われていると伺《うかが》って、訪問させていただきました」

「おお、てことは若旦那の野郎、ちゃんと話を通せたのか。あんたが『呪い』をなんとかしてくれるお方ってことだよな」

「まずは原因を探ってですね……」

話をしている間に門の脇の小さな扉が開けられ、私は中に通された。すぐに町を案内していただく。

「ただの可愛いお嬢ちゃんのように見えるが、あんた呪いの専門家なのかい？」

「専門は精霊と魔法薬についてです。呪いも多少の知識はありますが、専門というほどではありません」

賢者スース様には色々な術を教わっていて、その中のひとつに呪いと解呪の知識もあった。実際にやる機会はこれまであまりなかったけれど。

さてこうして町の中を歩いてみると、彼らが呪いと言っていたことのほとんどは、慣れない土地に移ったことからくる軽度の体調不良のように思われた。

私はまずはできることからやっておこうと、簡単な薬草を渡した。

「良さそうな畑もありますから、次に来るときに、いくつか薬草の苗も持ってきましょうか。ここでも育つものがありますから」

「ははぁ薬士様、あんた気が利《き》くねぇ。何せまだ小さな町だ。その手のもんは不足しがちでね」

そんな話を進めながらまた町を歩き、中心から東に行った傾斜地に近づく。段々畑があって、ブドウらしき植物が植わっている。ただ少し様子がおかしい。

おかしいのは畑と、それから町の人の様子。

「結局ここいらが呪いの原因だと私らは思うとるんです。ここです、ここをやり始めてからどうもおかしい。ケチのつき始めはここだったのですよ」

案内に同行してくれていた町長さんが詳しく教えてくれる。

「農家として移住された方々が、南向きの良い斜面だと言ってブドウ畑を作ったのですが、どうも何か悪いものに侵されている場所だったのか、見てください」

ちょうどそこでブドウ畑の中に到着。見せられたブドウの実は、どれもこれもみなカビに覆われて干からびたようになっていた。

「四年前からここを始めて、ようやく育ってきたというのに、収穫間近になるとくしゃくしゃに干からびてしまう。昨年も今年もです。この状態になってから、どうも不運が続いて、おかしなことに」

「四年前から始めたけど、町がおかしくなってきたのは昨年からということですか？」

町長さん達は揃ってうなずいた。となると、今回精霊達は関係がないかもしれない。開墾《かいこん》で棲《す》み処《か》を荒らされた精霊が怒って報復なんてのはよくあるのだけど、それだと普通はわざわざ二年も間をあけたりはしないだろうし。

何より私とノームンが調べてみても、そんな痕跡は見当たらない。

「なるほどなるほど……」

私は少し考えて、姿を消しているノームンに聞いてみる。

「ねえノームン、このブドウってさ、症状としては酷いけど……」

『植物にゃよくつくカビだな。それにこれなら、売り物にってのは難しいかもしれないけどさ、食えなくはないぞ人間でも』

「やっぱり、そうだよね」

やっぱりこれはただのカビ。かなり酷いけどただのカビ。

「町長さんすみませんが、ブドウについては一度持ち帰って詳しく検査してから正式なお答えをさせていただけますか？」

「ええかまいませんよ。でもやはり、何か悪いものが関わっているのでしょう？　早めにお願いできますでしょうか。大きな災いの兆《きざし》でなければよいのですが」

初老の男性は心配げにそう語る。私は答えた。

「凶兆、私が思うにそういった心配はなさそうですよ。むしろ場合によっては」

「場合によっては？」

「なかなかの吉兆かもしれませんよ」

町長さんと町の方々、彼らは一様にポカンとしていた。けれど真実私はそう考えていた。これは良いことが起こるかもしれないと。何せこれほど見事に美しく、灰色カビ病に冒されたブドウはそうそうお目にかかれない。

私はアセルスハイネに戻り、自分の屋敷の一室でブドウの状態を調べた。糖度、人体に有害な成分が含まれていないか、カビの性質など。

結果は実に実に良好。素晴らしい腐り具合。確かに見た目は酷いけど、普通のブドウとは比較できないほど濃縮された甘み。腐敗臭なく豊かな香り。いわゆる貴腐ブドウという状態になっていた。つまり、高貴に腐っているのだ。

最高の腐り具合。これは、貴腐ワインの原料にできるかもしれないブドウだった。

そもそも灰色カビ病は人体に有害なものではない。ただ多くの野菜に被害を及ぼす厄《やっ》介《かい》者ではある。酷ければ植物がまともに生育しなくなるのだ。けれどもこれが、しっかり熟したあとのブドウについたときだけは話が違う。干しブドウのように水分が抜け、甘みが強くなり、独特の甘い香りを放つ。それが貴腐ワインという最上級のワインの材料になる。

この現象は自然環境にと～っても左右される。だから産地も生産量も限られる。このあたりに産地はなく、遥か東方から輸入しないと手に入らないような高級品。

もしかするとだがあの開拓地は、そんな貴腐ワインの産地になるかもしれない。という事件なのだ。

とはいえ、普通のワインよりもずっと手間もかかると聞いている。

私も植物栽培は専門だけどワイン醸造となると未経験。う〜ん。このあたりはやっぱりハイラスさんに相談するといいかも。なんて思っていると彼がちょうど顔を出した。今、夜中ですが。

「リーナ、こっちにいるかい？」

ハイラスさんも忙しいだろうし、あちこちを飛び回る日々だというのに、暇を見てこうしてしょっちゅう顔を出してくれる。まったくもう、ちゃんと寝ているのだろうか。

夜遅いがせっかくなので彼に相談し、すぐに専門家を紹介していただけることに。

「それにしてもリーナ、貴女はいつだって素晴らしい宝を生み出すね。いつもいつだって。私の全てを楽しませてくれる」

彼はそう言って私の手を握ったけれど、今日は遠出もしたせいか私のまぶたは半分以上閉じかけていた。

「まったくもう貴女は。そこが可愛らしいんだけどね。ではまた明日。ちゃんと寝るんだよ」

彼はそう言って、またどこかに出かけていった。自分のほうこそちゃんと寝たほうがいい。そう思いながら私はその後ベッドに潜り込んだ。

数日後、調べものもひと通り終わって、醸造の専門家の方との打ち合わせを済ませた私は、再度あの町に向かう。

店をイヴリスに預け、屋敷はハーナンに預け、空に浮かび上がる。眼下、アドリエルルが輝き、ルンルンの木々は風に揺れる。一路北西、山を越えてあの町へ。

町の方々に調査結果を伝えると、一同からたくさんの質問がくる。そんなカビたブドウ食べれるのかという質問もあった。こんなこともあるだろうと他産地の貴腐ワインを用意しておいてよかった。これを振る舞うと、酒好きの方々の顔色が、いっぺんに明るく変わった。ただ、まだ納得していない人も多そうだ。

それから話し合いを続け、他の方には約束していたいくつかの薬草の苗も渡し、その効能を書き記したものも町長さんにお渡しする。一人のご婦人が言う。

「う～ん、確かにね、私はあんたに貰った太陽カモミールってのを晩に飲んでから、なんだか少し首の痛みが良くなってたんだよ」

この症状の方は実際多かったのだが、要するに『呪い』騒動の心配をしすぎて緊張しながら暮らしていたのが体調不良の原因のひとつだったのではと私は思う。慣れない新天地での暮らしと、ブドウ畑から端を発した呪い騒動。普通の体調不良でもなんとなくそこに結びつけてしまって、より深刻に考えてしまうというのが、いうなれば今回の『呪い』だった。

「薬ではなく普通の野菜ですが、ナスやジャガイモなんかもリラックス効果があります。気持ちが落ち着かない日は夜に食べてみてください」

ワインの話、薬草の話、お野菜の話。雑談交じりに語らいながら、町でゆっくり時間を使った。そして夕方には船が来た。船にはブドウと醸造の専門家の方。すぐに畑を見てもらい、やはり結果は良好。

夜になると。皆さんお酒を嗜《たしな》みながら、この新しいブドウの醸造についての計画を思い思いに語っていた。その顔には笑みと、気力が見て取れた。明るくにぎやかな声が響き始めた町。

私はノームンとともに一足先にお暇《いとま》させていただく。明日は精霊区のひとつ、大河アーセルユールの会議があるから。

眼下に見える小さな移民町からは、すっかり『呪い』の影は消えていた。私は嬉しくなる。ノームンもこちらを見て、子供の笑顔で笑っていた。

それにしても今回も本当に地味というか、精霊も魔物も関わっていない普通のお仕事だった。

むしろ普通の薬士としての正当なお仕事だった。

そう考えると町長の息子さんがあの日、私の小さな魔法薬店を尋ねてきたのは、なんの間違いでもなかったのかもしれない。ただし麗帝ではなく薬士リーナをご用命いただければよかったのだ。

大好評発売中！

宮廷魔導院で薬士として働きながら、
その高い魔力を買われ王太子の婚約者となったリーナ。
しかし突然、王太子から婚約破棄を突きつけられ、
これ幸いと仲間の精霊達と王都を飛び出した。
湖上の小都市に移住したリーナは、さっそく薬草園を作り、
第二の人生をスタート！　希少ポーション作りに
精霊達との交流など、無自覚にチートを発揮して――!?

稀代の薬士令嬢のサクセスストーリー、ここに開幕！

アルファポリス 漫画　検索

B6判／各定価：748円（10%税込）

新感覚ファンタジー
RB レジーナ文庫

天才幼女の異世界珍道中、開幕!

レジーナブックス Regina

転生幼女。神獣と王子と、最強のおじさん傭兵団の中で生きる。 1

餡子・ロ・モティ　イラスト：こよいみつき

定価：704円（10%税込）

見知らぬ草原で目覚めた優乃《ゆうの》。自分の姿を見て転生したことを悟った彼女は、あっさり事実を受け入れ、ひとまず近くの町を訪れる。そこでラナグという神獣や最強の傭兵達と出会い、リゼと名乗ることに。傭兵団の基地でご厄介になることになったリゼの異世界ライフは、ハチャメチャに破天荒で⁉

詳しくは公式サイトにてご確認ください
https://www.regina-books.com/

携帯サイトはこちらから!

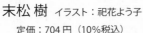

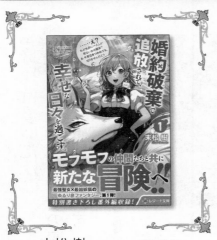

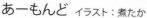

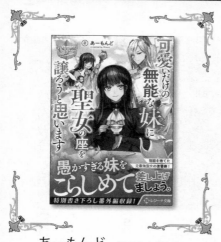

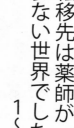

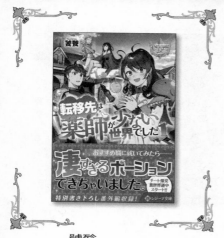

本書は、2021年5月当社より単行本として刊行されたものに書き下ろしを加えて文庫化したものです。


この作品に対する皆様のご意見・ご感想をお待ちしております。

おハガキ・お手紙は以下の宛先にお送りください。

【宛先】

〒150-6008 東京都渋谷区恵比寿4-20-3 恵比寿ｶﾞｰﾃﾞﾝﾌﾟﾚｲｽﾀﾜｰ8F
（株）アルファポリス　書籍感想係

メールフォームでのご意見・ご感想は右のＱＲコードから、
あるいは以下のワードで検索をかけてください。

アルファポリス　書籍の感想　検索

ご感想はこちらから

レジーナ文庫

精霊《せいれい》守《も》りの薬士《くすし》令嬢《れいじょう》は、婚約破棄《こんやくはき》を突《つ》きつけられたようです

餡子《あんこ》・ロ・モティ

2023年12月20日初版発行

文庫編集－斧木悠子・森 順子
編集長－倉持真理
発行者－梶本雄介
発行所－株式会社アルファポリス
〒150-6008 東京都渋谷区恵比寿4-20-3 恵比寿ｶﾞｰﾃﾞﾝﾌﾟﾚｲｽﾀﾜｰ8階
TEL 03-6277-1601（営業）　03-6277-1602（編集）
URL https://www.alphapolis.co.jp/
発売元－株式会社星雲社（共同出版社・流通責任出版社）
〒112-0005 東京都文京区水道1-3-30
TEL 03-3868-3275
装丁・本文イラスト－花ヶ田
装丁デザイン－AFTERGLOW
（レーベルフォーマットデザイン－ansyyqdesign）
印刷－中央精版印刷株式会社

価格はカバーに表示されてあります。

落丁乱丁の場合はアルファポリスまでご連絡ください。

送料は小社負担でお取り替えします。


ISBN978-4-434-33073-5 C0193